【牡丹《ぼたん》の花《はな》】

牡丹餅《ぼたもち》

【大日峠《だいにちとうげ》　左《ひだり》の山《やま》が我拝師山《がはいしさん》】

【もくじ】

本小説《ほんしょうせつ》に登場《とうじょう》する四国霊場第《しこくれいじょうだい》七十五番札所《ばんふだしょ》、総本山善通寺《そうほんざんぜんつうじ》

五重大塔《ごじゅうだいとう》

南大門《みなみだいもん》

▲ ほやけ地蔵尊《じぞうそん》

◀ 西院《さいいん》

東院《とういん》 ▶

一　大《おお》きいばあちゃん

「大日峠《だいにちとうげ》」

ここは※西讃《せいさん》（西讃岐《にしさぬき》）と中讃《ちゅうさん》（中讃岐《なかさぬき》）の地《ち》を隔《へだ》てる境《さかい》。

※香川県《かがわけん》は讃岐《さぬき》と呼ばれ、西讃《せいさん》、中讃《ちゅうさん》、東讃《とうさん》（東讃岐《ひがしさぬき》）、小豆島《しょうどしま》の四つに分けられる。

（あーあ、この響《ひび》きは、私《わたし》にとってなんと切《せつ》ないのか。

なんの変哲《へんてつ》もない小《ちい》さな峠《とうげ》だけど、私《わたし》にとっては一生忘《いっしょうわす》れることのできない峠道《とうげみち》。

まさかこの道《みち》を、再《ふたた》びこうして通《とお》ることになろうとは・・・）

「ばあちゃん、もうすぐ大日《だいにち》やけん。あそこの峠《とうげ》を越《こ》えるとお大師《だいし》さんや」

車《くるま》を運転《うんてん》している孫《まご》が、嬉《うれ》しそうに私《わたし》に話《はな》しかけてきた。

「もう大日《だいにち》かい。早《はや》いの・・・」

（家《いえ》を出てまだ三十分《ぶん》しかたっとらんのに・・・）

（昔《むかし》や、ここまで二時間以上《じかんいじょう》はかかっとったわい）

（あの時《とき》はお大師《だいし》さんまで四時間以上《じかんいじょう》はかかったわい・・・もう少《すこ》し、早《はや》く着《つ》くことができていれば・・・）

あの時《とき》のことを思《おも》い出《だ》すと、悔《くや》しさのあまり涙《なみだ》があふれ出《だ》してきた。

桜《さくら》のつぼみが膨《ふく》らみ始《はじ》めていたお彼岸《ひがん》の中日《ちゅうにち》（春分《しゅんぶん》の日《ひ》）、私《わたし》は孫《まご》にお願《ねが》いして、孫《まご》の車《くるま》で四国霊場第七十五番札所《しこくれいじょうだいばんふだしょ》、総本山善通寺《そうほんざんぜんつうじ》へお彼岸参《ひがんまい》りに連《つ》れて行《い》ってもらった。沈丁花《ちんちょうげ》の香木《こうぼく》のような香《かお》りが、車内《しゃない》にかすかに流《なが》れ込《こ》んでいる。その時《とき》、私《わたし》はふと思《おも》い出《だ》した。

（確《たし》か、あの時《とき》も春《はる》のお彼岸《ひがん》の中日《ちゅうにち》だった・・・）

我《わ》が家《や》では総本山善通寺《そうほんざんぜんつうじ》のことを「お大師《だいし》さん」と呼《よ》んでいる。「お大師《だいし》さん」と言《い》えば弘法大師《こうぼうだいし》を指《さ》すほど、空海《くうかい》は広《ひろ》く人々《ひとびと》からの信仰《しんこう》を集《あつ》めている。もちろん私《わたし》も空海《くうかい》に対《たい》して、尊敬《そんけい》と親《した》しみの念《ねん》を込《こ》めて「お大師《だいし》さん」と呼《よ》ばせていただいている。

ここ善通寺《ぜんつうじ》は空海生誕《くうかいせいたん》の地《ち》。実《じつ》は私《わたし》の実家《じっか》も、そして、嫁《とつ》ぎ先《さき》も宗派《しゅうは》は真言宗《しんごんしゅう》。お大師《だいし》さんはいつも私《わたし》や家族《かぞく》のまわりにいて、私《わたし》たちをお救《すく》い、守《まも》ってくださっている。

私《わたし》の息子《むすこ》にも弘法大師《こうぼうだいし》の「弘《こう》」の一字《いちじ》をいただいた。まあ、息子《むすこ》には悪《わる》いけれど、これが本当《ほんとう》の「名前負《なまえま》け」なのかもしれない。

私《わたし》は車窓《しゃそう》より上高瀬《かみたかせ》（現在《げんざい》の三豊市高瀬町《みとよしたかせちょう》）の風景《ふうけい》を眺《なが》め続《つづ》けた。平見地区《ひらみちく》の家並《いえな》みは、あの頃《ころ》の藁葺《わらぶ》き屋根《やね》から瓦葺《かわらぶ》きの家《いえ》に、そして今風《いまふう》の近代的《きんだいてき》な住宅《じゅうたく》に変《か》わっていた。でも山《やま》の形状《けいじょう》はあの頃《ころ》と同《おな》じであった。※五岳山《ごがくさん》の一《ひと》つである我拝師山《がはいしさん》が今日《きょう》も、そして、あの時《とき》と同《おな》じように、俵状《たわらじょう》のおにぎりに見《み》える。

※五岳山《ごがくさん》とは香色山《こうしきざん》、筆ノ山《ふでのやま》、我拝師山《がはいしさん》、中山《なかやま》、火上山《ひあげやま》を指《さ》し、空海《くうかい》ゆかりの歴史的場所《れきしてきばしょ》であり、自然豊《しぜんゆた》かな香川県《かがわけん》の代表的《だいひょうてき》な里山《さとやま》の一つ（善通寺市《ぜんつうじし》のホームページより）

あの頃《ころ》は、おなかを空《す》かした子《こ》どもたちが、我拝師山《がはいしさん》を指差《ゆびさ》して「おにぎり山《やま》」

と呼《よ》んでいた。食《た》べる物《もの》がない時代《じだい》、飢《う》えをしのぐために、ただ、見《み》える物《もの》を食《た》べ物《もの》に形容《けいよう》して飢《う》えをしのいでいた。あの時《とき》に出会《であ》った男《おとこ》の子《こ》は私《わたし》より一歳年下《いっさいとしした》。今《いま》は孫《まご》やひ孫《まご》に囲《かこ》まれて、幸《しあわ》せな生活《せいかつ》を送《おく》っていることを祈《いの》りたい。

太平洋戦争《たいへいようせんそう》はすでに遠《とお》い過去《かこ》のものになってしまった。けれども忘《わす》れようとしても忘《わす》れられないことが、私《わたし》の脳裏《のうり》にいつまでも焼《や》き付《つ》いて離《はな》れようとしない。そして、あの時《とき》のことは、いつか誰《だれ》かに話《はな》したい・・・という気持《きも》ちで我拝師山《がはいしさん》を見上《みあ》げ手《て》を合《あ》わした。

（でも、どうして孫《まご》はこの道《みち》を選《えら》んだろうか。孫《まご》にあのことは話《はな》していないのに・・・）

観音寺《かんおんじ》から善通寺《ぜんつうじ》へ行《い》くには主《おも》に三つのルートが考《かんが》えられる。一つは国道《こくどう》十一号線《ごうせん》を高松方面《たかまつほうめん》にまっすぐ北東《ほくとう》に進《すす》み、鳥坂峠《とっさかとうげ》を越《こ》えて右折《うせつ》して善通寺《ぜんつうじ》・詫間線《たくません》（県道《けんどう》四十八号線《ごうせん》）を通《とお》り善通寺《ぜんつうじ》へ。もう一つは、善通寺《ぜんつうじ》・大野原線《おおのはらせん》（県道《けんどう》二十四号線《ごうせん》）を通《とお》り、麻坂峠《あさざかとうげ》を越《こ》えて善通寺《ぜんつうじ》へ。そして今日《きょう》はこの大日峠《だいにちとうげ》への道《みち》を走《はし》っている。

私《わたし》はてっきりいつものように、鳥坂峠《とっさかとうげ》を越《こ》えてお大師《だいし》さんへ行《い》くものと思《おも》っていた。しかし、国道《こくどう》十一号線《ごうせん》の三豊市高瀬町《みとよしたかせちょう》の「六《む》ツ松《まつ》」付近《ふきん》を過《す》ぎると孫《まご》は急《きゅう》に右折《うせつ》し、観音寺《かんおんじ》・善通寺線《ぜんつうじせん》（県道《けんどう》四十九号線《ごうせん》）を走《はし》った。

特《とく》に大日峠《だいにちとうげ》越《ご》えをお願《ねが》いしてもいないのに、孫《まご》はその道《みち》を選《えら》んだ。

「ぼくよ、どうして右《みぎ》に曲《ま》がったん？」

私《わたし》は孫《まご》に聞《き》いてみた。

もう一児《いちじ》の父《ちち》になっているのに、私《わたし》はいつまでたっても孫《まご》のことを「ぼく」と呼《よ》んでいる。

（だって、いつまでたっても孫《まご》は小《ちい》さい時《とき》のかわいい孫《まご》でいて欲《ほ》しいから・・・）

「ほんまや、ばあちゃん、なんでやろう？　ただ、なんとなく・・・いつもとは違《ちが》う道《みち》を通《とお》ってみたかったんや」

孫《まご》は応《こた》えた。

（これもきっと父《ちち》が思《おも》い出《で》の道《みち》に、私《わたし》たちを誘《さそ》ってくれているんだわ）

私《わたし》はそう解釈《かいしゃく》した。

大日峠《だいにちとうげ》は私《わたし》にとって久《ひさ》しぶりに通《とお》る道《みち》。だけど大《おお》きく変《かわ》わったのは整備《せいび》された道路《どうろ》。あの頃《ころ》とは見違《みちが》えるほど変化《へんか》した。当時《とうじ》は笹《ささ》や木々《きぎ》に覆《おお》われ、曲《ま》がりくねった細《ほそ》い道《みち》。昼間《ひるま》でも薄暗《うすぐら》く、追《お》いはぎ（山賊《さんぞく》）が出《で》て来《き》そうな道《みち》であった。

しかし、今《いま》は道幅《みちはば》も広《ひろ》くなり、対向車《たいこうしゃ》が来《き》ても、難《なん》なくすれ違《ちが》うことができる。曲《ま》がりくねった道《みち》も、道路《どうろ》の付《つ》け替《か》え工事《こうじ》により、一直線《いっちょくせん》に延《の》びる快適《かいてき》な明《あか》るい道《みち》となった。

隣《となり》の席《せき》に設置《せっち》されているチャイルドシートに、ひ孫《まご》の美月《みつき》がおとなしく座《すわ》っている。

私《わたし》が孫《まご》に「お大師《だいし》さんへ連《つ》れて行《い》ってくれんの？」とお願《ねが》いしたところ、孫《まご》は「いいよ。ばあちゃん、行《い》こう。行《い》こう」と快《こころよ》く承諾《しょうだく》してくれた。美月《みつき》にも声《こえ》をかけると「美月《みつき》も行《い》きたい！」と可愛《かわい》くおねだりしてきた。孫《まご》とひ孫《まご》の三人《さんにん》で、時々《ときどき》スーパーマーケットや大型量販店《おおがたりょうはんてん》へ出《で》かけることはあるけれど、お大師《だいし》さんへ三人《さんにん》で行《い》くのは今回《こんかい》が初《はじ》めて。

孫《まご》の車《くるま》は、最近購入《さいきんこうにゅう》した新型《しんがた》のプラグインハイブリッドカー。エンジンがかっているのか、かかっていないのか、わからないような、超静《ちょうしず》かな高性能《こうせいのう》エンジン。走行中《そうこうちゅう》、揺《ゆ》れもほとんど感《かん》じず、軽快《けいかい》な走行《そうこう》ぶりから、日本《にほん》の科学技術《かがくぎじゅつ》の進歩《しんぽ》がうかがえる。

あの頃《ころ》の車《くるま》は、とんでもないオンボロ車《ぐるま》。しかも戦時中《せんじちゅう》なので「ガソリンの一滴《いってき》は血《ち》の一滴《いってき》」と言《い》われた時代《じだい》。石油《せきゆ》は軍用機《ぐんようき》や戦車《せんしゃ》、軍艦《ぐんかん》などに使《つか》われていた。そこで一般《いっぱん》の車《くるま》はガソリンで走《はし》っていた車《くるま》を改造《かいぞう》した木炭車《もくたんしゃ》。クッションはほとんどなく、乗《の》るというより、何《なに》かにしがみついていないと振《ふ》り落《お》とされるような車《くるま》だった。

孫《まご》は、新《あたら》しい車《くるま》の性能《せいのう》を試《ため》したいのか、少《すこ》し飛《と》ばし気味《ぎみ》であった。

「ぼくよ、そなに（そんなに）飛《と》ばさんでもええんで。お大師《だいし》さんは逃《に》げやせんけん」

私《わたし》は心配《しんぱい》になり孫《まご》に声《こえ》をかけた。

「ばあちゃん。大丈夫《だいじょうぶ》やけん。ぼくの運転《うんてん》を信用《しんよう》してつか（ください）」

「いやいや、お前《まえ》の運転《うんてん》が上手《じょうず》なんはよう知《し》っとるけんど、ここの道《みち》だけはゆっくり走《はし》ってくれの」

（ここの道《みち》だけはゆっくりと走《はし》って欲《ほ》しい）ということを、私《わたし》は何《なん》とかして、孫《まご》に訴《うった》えたかった。

実《じっ》はこの道《みち》は、私《わたし》にとってとても苦《にが》い思《おも》い出《で》の道《みち》。今《いま》は運転中《うんてんちゅう》で危《あぶ》ないから、これ以上《いじょう》は話《はな》しかけるのを止《や》めておこう。私《わたし》の胸《むね》の内《うち》だけで留《と》めておこうと思《おも》った。

でも、なんとしてでも、この道《みち》で交通事故《こうつうじこ》に遭《あ》わせてはいけない。

そこで私《わたし》は思《おも》い切《き》って孫《まご》に話《はな》しかけた。

「ここは道《みち》がえーようになったじゃろう。みんなよーけ（たくさん）飛《と》ばすけんの。ほんでのう、ここでは昔《むかし》からようけ事故《じこ》が起《お》こっとんじゃ」

私《わたし》は道路《どうろ》のせいにしてやんわりと忠告《ちゅうこく》したつもりだった。

「ばあちゃん、わかっとる、わかっとる」

と孫《まご》が言《い》いかけた時《とき》、一個《こ》のサッカーボールが左《ひだり》の細《ほそ》い路地《ろじ》から転《ころ》がってきた。

「あっ、危《あぶ》ない！」

私《わたし》は咄嗟《とっさ》に叫《さけ》んだ。

その瞬間《しゅんかん》、孫《まご》はハンドルを右《みぎ》に切《き》った。

案《あん》の定《じょう》、左《ひだり》から幼児《ようじ》がボールを追《お》いかけて飛《と》び出《だ》そうとしていた。対向車《たいこうしゃ》が来《き》ていなかったから、大事《だいじ》に至《いた》らなかったけれど、もし対向車《たいこうしゃ》がいれば・・・と思《おも》うと背筋《せすじ》がぞうと凍《こお》り付《つ》いた。

（これもお大師《だいし》さんが助《たす》けてくれたんや・・・）私《わたし》は再《ふたた》び手《て》を合《あ》わした。

「ばあちゃん、ほんまじゃ。ここの道《みち》は怖《こわ》いわ。何《なに》が飛《と》び出《だ》して来《く》るか分《わ》からんわ」

「そうじゃろ、そうじゃろ。走《はし》りやすい道《みち》ほど気《き》をつけんといかんよ」

「パパ、気《き》をつけてよ」

美月《みつき》もかなり驚《おどろ》いたようで、思《おも》っていることを素直《すなお》に発《はっ》した。私《わたし》には、父親《ちちおや》に忠告《ちゅうこく》している娘《むすめ》の姿《すがた》が頼《たの》もしく感《かん》じられた。

ついこの前《まえ》、産《う》まれたと思《おも》っていたたび孫《まご》も大《おお》きく成長《せいちょう》したものだ。論《ろん》より証拠《しょうこ》というのか、危険《きけん》な目《め》に遭《あ》って、そして、娘《むすめ》にまで言《い》われて初《はじ》めて、孫《まご》は若干《じゃっかん》スピードを緩《ゆる》めたようだ。

「大《おお》きいばあちゃん。何《なに》か食《た》べたい」

美月《みつき》が私《わたし》に食《た》べ物《もの》をおねだりしてきた。

「美月《みつき》、もうおなかが空《す》いたん？」

「うん」

我《わ》が家《や》には「大《おお》きいじいちゃん」と「小《ちい》さいじいちゃん」。そして、「大《おお》きいばあちゃん」と「小《ちい》さいばあちゃん」と「大小《だいしょう》」に分《わ》けられた二種類《にしゅるい》の爺婆《じじばば》が存在《そんざい》する。

つまり、大《おお》きい方《ほう》は曾祖父《そうそふ》（ひいじいちゃん）、曾祖母《そうそぼ》（ひいばあちゃん）のこと。我《わ》が家《や》は四世代《よんせだい》の家族《かぞく》が同居《どうきょ》する四世代世帯《よんせだいせたい》。高齢化社会《こうれいかしゃかい》となった今《いま》、特《とく》に不思議《ふしぎ》な家族構成《かぞくこうせい》ではない。

ただ、孫夫婦《まごふうふ》は結婚後《けっこんご》、私《わたし》と同《おな》じ敷地内《しきちない》に家《いえ》を建《た》て、そこで新婚生活《しんこんせいかつ》を送《おく》った。そして、美月《みつき》が誕生《たんじょう》。保育所《ほいくしょ》に入《はい》るまでは母親《ははおや》、つまり孫《まご》の嫁《よめ》が面倒《めんどう》を見《み》ていた。しかし、保育所《ほいくしょ》に入《はい》ってから母親《ははおや》は仕事《しごと》に復帰《ふっき》。私《わたし》の息子《むすこ》とその嫁《よめ》、つまり、美月《みつき》の祖父《そふ》と祖母《そぼ》が保育所《ほいくしょ》の送《おく》り迎《むか》えをしていた。でも二人《ふたり》ともまだ働《はたら》いているので帰《かえ》るのは夕方《ゆうがた》になる。美月《みつき》の世話《せわ》は私《わたし》の仕事《しごと》となった。だから私《わたし》が孫《まご》に、お大師《だいし》さんへ行《い》こうと誘《さそ》ったその日《ひ》も、祖父《そふ》と祖母《そぼ》はいないというわけ。

幼稚園《ようちえん》に入《はい》った美月《みつき》は、毎日《まいにち》、私《わたし》の部屋《へや》へやって来《き》ては、おやつをねだってくる。孫《まご》たちもかわいかったけど、ひ孫《まご》も目《め》に入《い》れても痛《いた》くないほどのかわいさ。いつも私《わたし》の所《ところ》へ遊《あそ》びにやって来《き》ては、幼稚園《ようちえん》で起《お》きた出来事《できごと》をごじゃごじゃと話《はな》してくれる。

保育所《ほいくしょ》は夕方遅《ゆうがたおそ》くまで美月《みつき》を預《あず》かってくれていたけど、幼稚園《ようちえん》から帰《かえ》るのは、保育所《ほいくしょ》と比《くら》べてとても早《はや》い。そこで、幼稚園《ようちえん》に入《はい》った初《はじ》めの頃《ころ》、私《わたし》は、「コーヒーゼリー」「チーズケーキ」「イチゴショート」「モンブラン」「ショコラバニラ」などのケーキを買《か》いそろえ、美月《みつき》が私《わたし》の部屋《へや》に遊《あそ》びに来《く》るのを心待《こころま》ちにしていた。おやつの時間《じかん》が来《く》れば、今日《きょう》はどんなケーキが出《で》るのか、美月《みつき》は冷蔵庫《れいぞうこ》から持《も》ってくるケーキ皿《ざら》をじっと見《み》つめていた。

でも毎日《まいにち》、毎日《まいにち》、このような高級《こうきゅう》ケーキを出《だ》すのは不経済《ふけいざい》だし、子《こ》どもの健康《けんこう》のことを考《かんが》えるとあまり良《よ》くないと思《おも》い、美月《みつき》に尋《たず》ねた。

「美月《みつき》、ケーキ好《す》き?」

「私《わたし》、だーいチュキ!」

「でもね、ケーキは美味《おい》しいけど、カロリー高《たか》いでしょう。ブーチャンになりたくないでしょう？」

「うん」

「だからね、これからケーキは時々《ときどき》にするからね」

「嫌《いや》だ！」

「その代《か》わり、大《おお》きいばあちゃんがお菓子《かし》を作《つく》ってあげるけん」

「それってなあに？」

「それはお楽《たの》しみに・・・」

美月《みつき》はそれはそれで納得《なっとく》したみたいだけど、手作《てづく》りのお菓子《かし》って、私《わたし》にはドーナツぐらいしかレパートリーがなかった。でも、美月《みつき》と一緒《いっしょ》にドーナツを作《つく》ることで、作《つく》る楽《たの》しさと、後《あと》で食《た》べるという両方《りょうほう》の楽《たの》しさを美月《みつき》は知《し》ったようで、相《あい》も変《か》わらず、私《わたし》の部屋《へや》に毎日《まいにち》遊《あそ》びに来《き》ている。

車《くるま》の中《なか》で、美月《みつき》が私《わたし》にねだってきた。

「大《おお》きいばあちゃん、今日《きょう》はどんなお菓子《かし》を作《つく》ってきたん？」

「うふふ・・・それは後《あと》のお楽《たの》しみに。お大師《だいし》さんに着《つ》いて、美月《みつき》がちゃんとお参《まい》りできたら、一緒《いっしょ》に食《た》べような」

「うん」

本当《ほんとう》に聞《き》き分《わ》けの良《よ》い娘《こ》だ。でも子《こ》どもは正直者《しょうじきもの》。美月《みつき》は自分《じぶん》が思《おも》っていることを私《わたし》に話《はな》してくれた。

「美月《みつき》ね、本当《ほんとう》はこの前《まえ》、小《ちい》さいばあちゃんが買《か》ってくれたハンバーガーが一番《いちばん》チュき！」

「そうね、ハンバーガーもええけど、今日《きょう》は大《おお》きいばあちゃんが作《つく》ってきた、とっても美味《おい》しいお菓子《かし》があるんだよ」

「何《なん》なの？　大《おお》きいばあちゃん、早《はや》く教《おし》えて！」

美月《みつき》はチャイルドシートの中《なか》で足《あし》をバタバタさせた。

実《じつ》は、私《わたし》にはもう一《ひと》つ作《つく》るのを得意《とくい》としている和菓子《わがし》がある。それは牡丹餅《ぼたもち》。今日《きょう》は手間暇《てまひま》をかけて大《おお》きい牡丹餅《ぼたもち》を五個《ごこ》作《つく》ってきた。孫《まご》と美月《みつき》と私《わたし》の三人《さんにん》で三個《さんこ》。それともう二人《ふたり》の方《かた》に一個《いっこ》ずつあげて、五人《ごにん》で一緒《いっしょ》に食《た》べたいため。もう二人《ふたり》の方《かた》とは、今《いま》はここにはいないけど、もう少《すこ》ししたら、孫《まご》と美月《みつき》にも話《はな》してあげようと思《おも》う。

日本《にほん》には季節《きせつ》に応《おう》じたすばらしい風習《ふうしゅう》が残《のこ》っている。春《はる》のお彼岸《ひがん》の時《とき》、ご先祖様《せんぞさま》へのお供《そな》え物《もの》が「牡丹餅《ぼたもち》」。そして、秋《あき》のお彼岸《ひがん》の時《とき》のお供《そな》え物《もの》が「おはぎ」。どちらもよく似《に》ているけど、相違点《そういてん》の一つは、牡丹餅《ぼたもち》がこしあんで、おはぎが粒《つぶ》あん。我《わ》が家《や》では、米粉《こめこ》に水《みず》を少《すこ》し入《い》れて混《ま》ぜて団子状《だんごじょう》にしたものをゆでる。それにこしあんをまぶしたものを牡丹餅《ぼたもち》と呼《よ》んでいる。それに対《たい》して、おはぎは餅米《もちまい》とうるち米《まい》を混《ま》ぜたものを蒸《む》して作《つく》った、どちらかというと米粒《こめつぶ》が残《のこ》っているおにぎりに粒《つぶ》あんをまぶした食《た》べ物《もの》。ではなぜ春《はる》のお彼岸《ひがん》が牡丹餅《ぼたもち》と呼《よ》ばれるのかというと、牡丹餅《ぼたもち》は春《はる》に咲《さ》く「牡丹《ぼたん》」の花《はな》が小豆《あずき》に似《に》ているから。おはぎは秋《あき》に咲《さ》く小《ち》さな花《はな》の「萩《はぎ》」に由来《ゆらい》しているから。どちらもお米《こめ》が「あんこ」に包《つつ》まれた甘《あま》くて上品《じょうひん》な和菓子《わがし》。

牡丹餅《ぼたもち》もおはぎも、作《つく》り方《かた》は私《わたし》の母《はは》から学《まな》んだ。きっと母《はは》も私《わたし》の祖母《そぼ》から学《まな》んだのに違《ちが》いない。私《わたし》の息子夫婦《むすこふうふ》にも、作《つく》り方《かた》は私《わたし》が教《おし》えた。そうなると孫《まご》は作《つく》り方《かた》を知《し》っているのだろうか、と自分《じぶん》に問《と》いかけた。今《いま》、息子《むすこ》と嫁《よめ》は仕事《しごと》に忙《いそが》しい。でも、退職《たいしょく》したらぼちぼちと作《つく》り方《かた》を孫《まご》たちに伝《つた》えるのだろう。

牡丹餅《ぼたもち》もおはぎも、作《つく》るのに大変《たいへん》な手間暇《てまひま》がかかる。できあがった物《もの》を買《か》った方《ほう》が簡単《かんたん》だと思《おも》う。あんこだけでも売《う》っている。正直言《しょうじきい》って、できあがった物を買った方が簡単だと思う。それに、今《いま》では材料《ざいりょう》さえあれば何《なん》とかなる。でもあの頃《ころ》は、まず材料《ざいりょう》が手《て》に入《はい》らなかった。お店《みせ》では絶対《ぜったい》に売《う》っていなかった。裏《うら》の手《て》を使《つか》い、なんとか材料《ざいりょう》が手《て》に入《はい》ったとしても、そんなぜいたくなお菓子《かし》を食《た》べているだけでも他人《たにん》からは白《しろ》い目《め》で見《み》られた。いやその程度《ていど》ならまだまし。「ぜいたくは敵《てき》だ」と言《い》われていた時代《じだい》。警察《けいさつ》に密告《みっこく》され、警察署《けいさつしょ》に連《つ》れて行《い》かれるかもしれない。

「今《いま》とは時代《じだい》が違《ちが》う」と言《い》われればそれまで。

あれから七十五年《ねん》が過《す》ぎた。

私《わたし》にはあの時《とき》の牡丹餅《ぼたもち》のことが一日《いちにち》たりとも頭《あたま》から離《はな》れることはなかった。悔《くや》しさのあまり、夜《よ》ごと、布団《ふとん》の中《なか》で泣《な》いたこともあった。

お大師《だいし》さんへはこれまで数《かぞ》え切《き》れないくらい足《あし》を運《はこ》んだ。小学生《しょうがくせい》から中学生《ちゅうがくせい》の頃《ころ》は、いつも私《わたし》と母《はは》、そして二人《ふたり》の弟《おとうと》の四人《よにん》で。私《わたし》が結婚《けっこん》すると私《わたし》と主人《しゅじん》の二人《ふたり》で。そして、男《おとこ》の子《こ》が二人《ふたり》生《う》まれると親子四人《おやこよにん》で。その子《こ》どもたちが結婚《けっこん》して子《こ》どもが生《う》まれると、孫《まご》たちも一緒《いっしょ》に。そして、今日《きょう》は孫《まご》とひ孫《まご》の三人《さんにん》でのお大師《だいし》さん参《まい》り。

時代《じだい》が移《うつ》り変《か》わるにつれて、お参《まい》りに行《い》く家族構成《かぞくこうせい》は変《か》わっていったけれど、今《いま》も昔《むかし》も変《か》わらないのがお大師《だいし》さんでの参詣《さんけい》コース。いつも決《き》まっている。まずは「五岳山《ごがくさん》」と大《おお》きく書《か》かれた南大門《みなみだいもん》の前《まえ》で一礼《いちれい》。門《もん》をくぐり東院《とういん》に入《はい》る。五重塔《ごじゅうのとう》を右手《みぎて》に見《み》ながらそのまままっすぐ金堂《こんどう》まで進《すす》み、そこでお参《まい》り。そして、中門《なかもん》を出《で》て、露店《ろてん》を尻目《しりめ》に、仁王門《におうもん》から西院《さいいん》へ入《はい》る。

なぜ露店《ろてん》を素通《すどお》りするのか。それは私《わたし》の子《こ》どもや孫《まご》たちは露店《ろてん》で売《う》られているおもちゃやたこ焼《や》きばかりに目《め》が行《い》き、お大師《だいし》さんへの信仰心《しんこうしん》やご利益《りえき》が薄《うす》らいでしまう、と私《わたし》が勝手《かって》に思《おも》っていたから。だから帰《かえ》りに立《た》ち寄《よ》ることにしていた。

東院《とういん》から西院《さいいん》に入《は》ると、お大師《だいし》さんの歴史《れきし》が描《えが》かれた絵《え》が飾《かざ》られている回廊《かいろう》を渡《わた》り、御影堂《みえどう》（大師堂《たいしどう》）へ行《い》きお参《まい》りをする。

このコースは一般的《いっぱんてき》なのかもしれない。しかし、我《わ》が家《や》では必《かなら》ず護摩堂《ごまどう》の左隣《ひだりとな》りにある「ほやけ地蔵《じぞう》」に参《まい》るのを慣《なら》わしとしている。このお地蔵《じぞう》さんは、大《おお》きな頬《ほお》やけのある娘《むすめ》さんが毎日《まいにち》お参《まい》りしていると、娘《むすめ》の頬《ほお》やけが無《な》くなり、その代《か》わりに「ほやけ地蔵《じぞう》」さんの顔《かお》に頬《ほお》やけができたという言《い》い伝《つた》えがあるお地蔵《じぞう》さん。「ほやけ地蔵《じぞう》」さんにはこのような伝説《でんせつ》があり、病気平癒《びょうきへいゆ》を願《ねが》う人《ひと》たちから篤《あつ》い信仰《しんこう》を集《あつ》めている。このお話《はなし》は私《わたし》の母《はは》から教《おそ》わった。そのおかげで、私《わたし》の家族《かぞく》では大病《たいびょう》を患《わずら》った者《もの》がいない。これもお大師《だいし》さんのおかげだと私《わたし》は信《しん》じている。

（でもどうして「ほやけ地蔵《じぞう》」なんだろう・・・）

幼《おさな》い頃《ころ》の私《わたし》は不思議《ふしぎ》に思《おも》っていた。

お参《まい》りの最後《さいご》に、南大門《みなみだいもん》近《ちか》くにある五重塔《ごじゅうのとう》へ行《い》き、その下《した》でみんな輪《わ》になって座《すわ》り、春《はる》のお彼岸《ひがん》では「牡丹餅《ぼたもち》」をほおばるのを常《つね》としている。

美《み》月《つき》にとって今日《きょう》は初《はじ》めてのお大師《だいし》さん参《まい》り。でも美《み》月《つき》はお参《まい》りよりも、私《わたし》が作《つく》ってきた牡丹餅《ぼたもち》の方《ほう》に興味《きょうみ》があるみたいで、車《くるま》の座席《ざせき》にちょこんと置《お》かれている、竹皮《たけかわ》に包《つつ》まれた牡丹餅《ぼたもち》ばかりに目《め》がいっていたようだ。

二　父《ちち》と「あんこ」

私《わたし》の脳裏《のうり》に残《のこ》るかすかな記憶《きおく》をたどることにしよう。物心《ものごころ》がついた頃《ころ》、我《わ》が家《や》に父《ちち》はいなかった。近所《きんじょ》のお友《とも》だちにはみんな父親《ちちおや》がいるのに、なぜ私《わたし》には父《ちち》がいないのか、不思議《ふしぎ》でならなかった。そこで三歳《さんさい》の頃《ころ》、思《おも》い切《き》って母《はは》に尋《たず》ねてみたことがあった。

「母《かあ》ちゃん、なんでウチには父《とお》さんがおらんの？　死《し》んだん？」

この時《とき》ばかりは、いつも優《やさ》しい母《はは》に、私《わたし》はきつく叱《しか》られた。

「お前《まえ》はなんちゅうことを言《い》うんじゃ。父《とお》さんは、お国《くに》のために遠《とお》い所《ところ》で戦《たたか》っとんじゃ」

「えっ、父《とお》さんは今《いま》どこにおるん？」

「母《かあ》ちゃんもようには（詳《くわ》しく）聞《き》かされておらんのじゃけど、支那《しな》におるんじゃ」

「支那《しな》ってどこ？」

「中国《ちゅうごく》じゃ」

「ふーん」

私《わたし》の父《ちち》は大日本帝国陸軍《だいにほんていこくりくぐん》の軍人《ぐんじん》として、遠《とお》き中国《ちゅうごく》にて任務《にんむ》に就《つ》いていた。

一九三七年《ねん》（昭和《しょうわ》十二年《ねん》）七月七日《しちがつなのか》（水《すい》）

私《わたし》が一歳《いっさい》になろうとしていた頃《ころ》、日華事変《にっかじへん》が勃発《ぼっぱつ》。その頃《ころ》、父《ちち》は中国《ちゅうごく》を相手《あいて》に戦《たたか》っていた。つまり、アメリカやイギリスを相手《あいて》にした太平洋戦争《たいへいようせんそう》が始《はじ》まる何年《なんねん》も前《まえ》から、日本《にほん》は中国《ちゅうごく》との全面戦争《ぜんめんせんそう》に突入《とつにゅう》していた。

戦時下《せんじか》でも、一年《いちねん》に一度《いちど》くらいの割合《わりあい》で父《ちち》は帰《かえ》ってきた。五歳《ごさい》の頃《ころ》になって初《はじ》めて父親《ちちおや》の存在《そんざい》に気《き》づいた。でも一年《いちねん》に一度《いちど》ぐらいの帰国《きこく》では、たとえ父《ちち》であっても、幼児《ようじ》の私《わたし》にとって、その男《おとこ》の人《ひと》が誰《だれ》なのか、分《わ》からなかった。

一九四一年《ねん》（昭和十六年《しょうわじゅうろくねん》）

ある秋《あき》の日《ひ》、「軍事郵便《ぐんじゆうびん》」と赤《あか》い印《いん》が押《お》された父《ちち》からの手紙《てがみ》が届《とど》いた。母《はは》がその内容《ないよう》を確認《かくにん》すると、家中《いえじゅう》が大騒《おおさわ》ぎになった。母《はは》は嬉《うれ》しさのあまり、近所《きんじょ》、親戚中《しんせきじゅう》に父《ちち》が帰《かえ》って来《く》ることを触《ふ》れて回《まわ》った。手紙《てがみ》の内容《ないよう》は、近々《ちかぢか》、一時帰国《いちじきこく》するということであった。

「良《よ》かったの、良《よ》かったの」

そのような声《こえ》が私《わたし》の回《まわ》りを飛《と》び交《か》った。何《なに》が良《よ》かったのかはよく分《わ》からないけれど、私《わたし》も弟《おとうと》も一緒《いっしょ》になって喜《よろこ》んだ。

父《ちち》が帰《かえ》って来《く》る日《ひ》、私《わたし》と母《はは》と弟《おとうと》の三人《さんにん》は、大野原《おおのはら》の実家《じっか》から歩《ある》いて三十分《さんじゅうぷん》ぐらいの所《ところ》にある、国鉄《こくてつ》の豊浜駅《とよはまえき》まで父《ちち》を迎《むか》えに行《い》った。まだ一歳《いっさい》になったばかりの弟《おとうと》は、母《はは》の背中《せなか》におんぶされていた。

豊浜駅近《とよはまえきちか》くの踏切《ふみきり》まで来《き》た時《とき》、観音寺《かんおんじ》の方《ほう》から力強《ちからづよ》く黒《くろ》い煙《けむり》を吐《は》きながらやって来《く》る蒸気機関車《じょうききかんしゃ》が見《み》えた。

「あの汽車《きしゃ》に父《とお》ちゃんが乗《の》っとんじゃ」

母《はは》からの話《はなし》を聞《き》いて、私《わたし》は嬉《うれ》しくなりその場《ば》で飛《と》び跳《は》ねた。

蒸気機関車《じょうききかんしゃ》がホームに入線《にゅうせん》した時《とき》、機関車《きかんしゃ》の勇壮《ゆうそう》な姿《すがた》と客車《きゃくしゃ》から降《お》りてきた軍人《ぐんじん》である父《ちち》の凛々《りり》しい姿《すがた》とが重《かさ》なって見《み》えた。弟《おとうと》にとっては初《はじ》めて見《み》る父《ちち》。でも父《ちち》のことなど分《わ》からず、蒸気機関車《じょうききかんしゃ》の方《ほう》ばかりに目《め》が行《い》っていたようだ。

ついに、父《ちち》が帰《かえ》ってきた。

小銃《しょうじゅう》こそ持《も》っていなかったが、カーキ色《いろ》の軍服《ぐんぷく》にゲートルを巻《ま》き、戦闘帽《せんとうぼう》をかぶった父《ちち》は、帝国陸軍《ていこくりくぐん》の軍人《ぐんじん》であった。

母《はは》が一言《ひとこと》「お勤《つと》めご苦労様《くろうさま》」と頭《あたま》を下《さ》げると、父《ちち》はその場《ば》で敬礼《けいれい》。

でもその短《みじか》い母《はは》の言葉《ことば》と父《ちち》の敬礼《けいれい》の中《なか》には、これまでのいろいろな想《おも》いが込《こ》められていたんだと、私《わたし》が成長《せいちょう》して大人《おとな》になった時《とき》に感《かん》じた。

初《はじ》めは怖《こわ》そうに見《み》えていた父《ちち》の姿《すがた》も、母《はは》との会話《かいわ》で次第《しだい》に和《やわ》らいできた。

「『てー』は大《おお》きくなったの」

私《わたし》はいつも近所《きんじょ》の人《ひと》からも、友《とも》だちからも名前《なまえ》を略《りゃく》して「てー」と呼《よ》ばれていた。

私《わたし》は父《ちち》に抱《だ》きかかえられ、「高《たか》い、高《たか》い」をしてもらった。それに弟《おとうと》が抱《だ》っこされた時《とき》、父《ちち》のことが分《わ》からず、人見知《ひとみし》りをよくする弟《おとうと》は、急《きゅう》に泣《な》き出《だ》して暴《あば》れた。

父《ちち》なのに、見知《みし》らぬ人《ひと》だと感《かん》じてしまったようだ。さぞかし怖《こわ》かったのだろう。

大野原《おおのはら》の実家《じっか》に帰《かえ》る時《とき》、真《ま》っ赤《か》な夕日《ゆうひ》が背中《せなか》を照《て》らしていた。

私《わたし》の両手《りょうて》が、母《はは》と父《ちち》の手《て》で握《にぎ》られ、私《わたし》は万歳《ばんざい》をしているような姿《すがた》で帰《かえ》り道《みち》を急《いそ》いだ。

「夕焼《ゆうや》け、小焼《こや》けのあかとんぼ、おわれて見《み》たのは、いつの日《ひ》か」

「山《やま》の畑《はたけ》の桑《くわ》の実《み》を、小籠《こかご》につんだは、まぼろしか」

父《ちち》が急《きゅう》に童謡《どうよう》の「赤《あか》とんぼ」を歌《うた》い始《はじ》めた。それに合《あ》わせて母《はは》も歌《うた》い出《だ》した。私《わたし》もつられて一緒《いっしょ》に大声《おおごえ》で歌《うた》った。弟《おとうと》は泣《な》き疲《つか》れたのか、母《はは》の背中《せなか》で寝《ね》ていた。あの頃《ころ》の道《みち》はもちろん舗装《ほそう》はされておらず、車《くるま》もほとんど通《とお》っていなかった。ただ大野原《おおのはら》へと続《つづ》く、一本《いっぽん》の田《た》んぼ道《みち》であった。

父《ちち》から「満州《まんしゅう》の夕日《ゆうひ》はもっと赤《あか》いぞ」と聞《き》かされた。私《わたし》が満州《まんしゅう》という地名《ちめい》を聞《き》いたのは、その時《とき》が初《はじ》めてだった。

「満州《まんしゅう》ってどこ？」

私《わたし》が父《ちち》に尋《たず》ねると、軍人《ぐんじん》である父《ちち》は、たとえ相手《あいて》が幼児《ようじ》であっても、遠《とお》い言《い》い回《まわ》しはせず、「北京《ペキン》のずっと北《きた》の方《ほう》だ」と単刀直入《たんとうちょくにゅう》に答《こた》えた。でも、そのような軍人的《ぐんじんてき》な言《い》い方《かた》も、実家《じっか》に帰《かえ》ると、次第《しだい》に元《もと》の優《やさ》しい父《ちち》に変《か》わっていった。

父《ちち》は三日《みっか》ほど家《いえ》で静養《せいよう》した。その間《あいだ》、私《わたし》は父《ちち》に絵本《えほん》を読《よ》んでもらったことを覚《おぼ》えている。貧《まず》しかった我《わ》が家《や》に、絵本《えほん》は一冊《いっさつ》しかなかった。それは「桃太郎《ももたろう》」だ。

鬼《おに》を退治《たいじ》に桃太郎《ももたろう》が鬼ヶ島《おにがしま》へ行《い》った時《とき》、次《つぎ》のような会話文《かいわぶん》がある。

「桃太郎《ももたろう》さんは大《おお》きな声《こえ》で言《い》いました。『かかれ！』」

私《わたし》が幼児《ようじ》になろうとしていた頃《ころ》、「かかれ！」の「か」が言《い》えなくて、いつも「たたれ！」になっていた。父《ちち》が「桃太郎《ももたろう》さんは大《おお》きな声《こえ》で言《い》いました」と絵本《えほん》を読《よ》み上《あ》げると、次《つぎ》の「かかれ！」は私《わたし》が代《か》わって「たたれ！」と手《て》を振《ふ》り上《あ》げて大声《おおごえ》で叫《さけ》び、回《まわ》りの人《ひと》たちを笑《わら》わしていた。

そのことを覚《おぼ》えていた父《ちち》は、今回《こんかい》もそこの箇所《かしょ》が来《く》ると、「桃太郎《ももたろう》さんは大《おお》きな声《こえ》で言《い》いました」で止《と》まった。そして、私《わたし》の顔《かお》をじっと見《み》つめた。それは、「かかれ！」というセリフを私《わたし》に言《い》わせるためだ。でも、すでに私《わたし》は五歳《ごさい》。まさか、「たたれ！」となるはずがない。

私《わたし》は大声《おおごえ》で「かかれ！」と言《い》った。

その時《とき》の父《ちち》は、驚《おどろ》きを隠《かく》せない表情《ひょうじょう》だった。

「おー、『てー』はやっと『か』が言《い》えるようになったんか」と目《め》を細《ほそ》めた。

その絵本《えほん》は私《わたし》の嫁《とつ》ぎ先《さき》まで持《も》っていった。そして、私《わたし》は息子《むすこ》に、息子《むすこ》は私《わたし》の孫《まご》に、そして孫《まご》はひ孫《まご》にまで読《よ》み聞《き》かせをしてきた。その「桃太郎《ももたろう》」の本《ほん》は今《いま》ではボロボロ。

時代《じだい》の流《なが》れを感《かん》じさせる絵本《えほん》となった。

どうやら「たたれ！」と言《い》っていたのは、私《わたし》だけだったみたい。

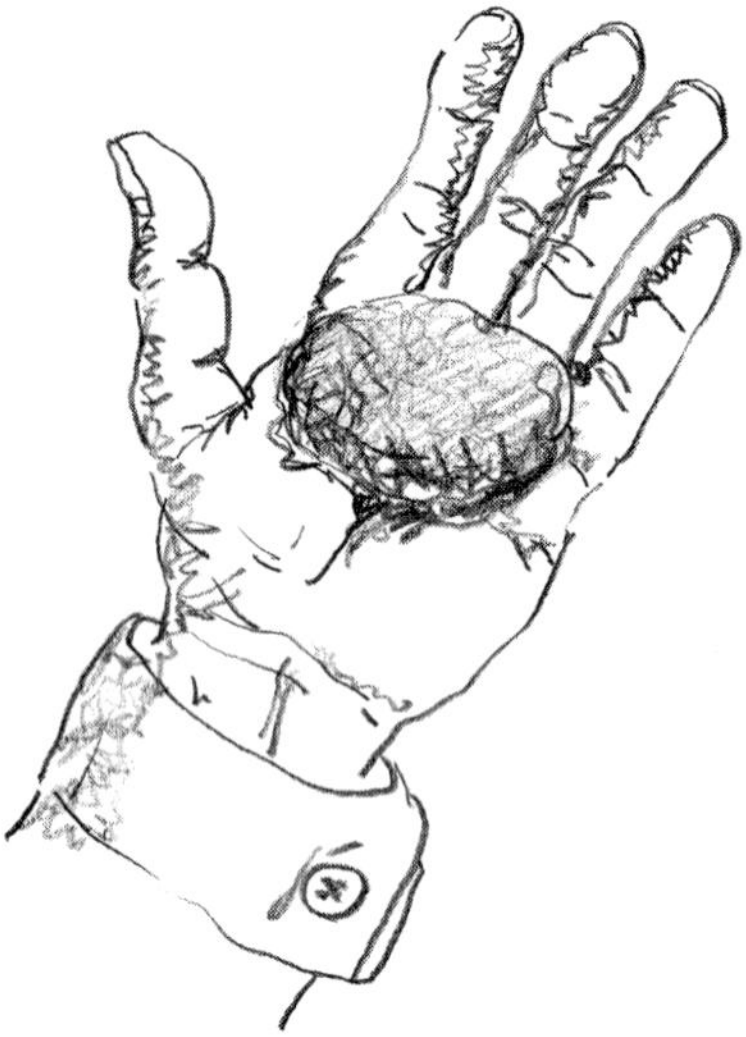

父《ちち》の好物《こうぶつ》は牡丹餅《ぼたもち》であった。父《ちち》が帰《かえ》って来《く》ると、季節《きせつ》に関《かか》わらず、母《はは》は必《かなら》ず牡丹餅《ぼたもち》を作《つく》った。母《はは》の牡丹餅《ぼたもち》は祖母《そぼ》譲《ゆず》りの腕前《うでまえ》。甘《あま》いこしあんと、米粉《こめこ》の餅《もち》とが絶妙《ぜつみょう》に合作《がっさく》（コラボ）され、美味《おい》しさを醸《かも》し出《だ》していた。こしあんに入《い》れる砂糖《さとう》の量《りょう》は母《はは》の企業《きぎょう》秘密《ひみつ》のようで、他人《たにん》が簡単《かんたん》にマネをして作《つく》れるような代物《しろもの》ではなかった。

作《つく》り上《あ》がった牡丹餅《ぼたもち》は、まずは母屋《おもや》（本家《ほんけ》）の仏壇《ぶつだん》に供《そな》えられた。お線香《せんこう》を上《あ》げて、みんなでご先祖様《せんぞさま》に手《て》を合《あ》わせた。その後《ご》、竹皮《たけかわ》に入《はい》った牡丹餅《ぼたもち》を縁側《えんがわ》に持《も》って行《い》き、緑茶《りょくちゃ》を飲《の》みながら、みんなで味《あじ》わった。父《ちち》が帰《かえ》って来《く》ると、挨拶《あいさつ》を兼《か》ねて近所《きんじょ》の人《ひと》たちもやって来《く》る。その時《とき》にはおすそ分《わ》けをして、みんなで食《た》べた。

父《ちち》は口《くち》の中《なか》で牡丹餅《ぼたもち》を「クチャクチャ」させながら、実《じつ》に美味《おい》しそうに食《た》べた。あまりに美味《おい》しいのか、誤《あやま》って父《ちち》の頬《ほ》っぺたにあんこが付《つ》いた時《とき》があった。その時《とき》は、私《わたし》も母《はは》も弟《おとうと》も腹《はら》をかかえて大笑《おおわら》いした。でも父《ちち》はなぜ笑《わら》われているのか分《わ》からず、苦笑《にがわら》いをした。そこで、私《わたし》が父《ちち》の頬《ほ》っぺたについているこしあんを舌《した》で舐《な》めてあげた。

あんこの甘《あま》さよりも、無精《ぶしょう》ひげの「ジョリジョリ」とした感触《かんしょく》が、今《いま》も私《わたし》の舌《した》に残《のこ》っている。

「うわー、『てー』に『チュウ』されたわい」

父《ちち》は悲鳴《ひめい》に近《ちか》い大声《おおごえ》をあげた。五歳《ごさい》になった私《わたし》は少《すこ》し恥《は》ずかしかったけど、家族《かぞく》みんなで大声《おおごえ》を上《あ》げて心《こころ》の底《そこ》から笑《わら》った。

でも、このような馬鹿笑《ばかわら》いもこれが最後《さいご》だったように思《おも》う。

翌日《よくじつ》、私《わたし》が畑《はたけ》から帰《かえ》った時《とき》、父《ちち》はすでに家《いえ》にいなかった。

「父《とお》さんは?」

母《はは》に尋《たず》ねると、母《はは》は「父《とお》さんはまた兵隊《へいたい》さんに戻《もど》っていった」という返事《へんじ》だった。

(昨夜《さくや》、みんなで豊浜駅《とよはまえき》まで見送《みおく》りに行《い》こうと、あれほど父《ちち》さんと強《つよ》く約束《やくそく》したの

に・・・)

朝《あさ》になって急《きゅう》に父《ちち》は、「一人《ひとり》で豊浜駅《とよはまえき》へ行《い》く。見送《みおく》りは不要《ふよう》」と母《はは》に伝《つた》えたらしい。

私《わたし》たちが父《ちち》と一緒《いっしょ》に豊浜駅《とよはまえき》まで行《い》ってしまうと、父《ちち》には家族《かぞく》みんなで見送《みおく》られるという恥《は》ずかしさと、家族《かぞく》から離《はな》れるという寂《さび》しさが錯綜《さくそう》してしまう。そうなると軍人《ぐんじん》としての面目《めんぼく》が立《た》たなくなることを懸念《けねん》してのことだろう。

泣《な》きながら家族《かぞく》の元《もと》から去《さ》るのは男《おとこ》の恥《はじ》である。

こうして再《ふたた》び、母《はは》と娘《むすめ》と息子《むすこ》の三人家族《さんにんかぞく》の生活《せいかつ》が始《はじ》まった。

一九四一年《ねん》(昭和《しょうわ》十六年《ねん》)十二月八日《じゅうにがつようか》(月《げつ》)

太平洋戦争《たいへいようせんそう》が勃発《ぼっぱつ》。

翌日《よくじつ》、私《わたし》の庭《にわ》で、「せんちゃん」という伯父《おじ》とそのおばちゃん、そして、近所《きんじょ》の人《ひと》たちが集《あつ》まって井戸端会議《いどばたかいぎ》が開《ひら》かれた。「せんちゃん」の手《て》には「帝國《ていこく》・米英《べいえい》に宣戦《せんせん》を布告《ふこく》す」と大《おお》きく書《か》かれた新聞《しんぶん》が握《にぎ》られていた。五歳《ごさい》の私《わたし》には何《なに》が書《か》かれ、何《なに》が始《はじ》まったのかさっぱり分《わ》からないけど、とにかく日本《にほん》がアメリカやイギリスを相手《あいて》に戦争《せんそう》を始《はじ》めたらしいことだけは分《わ》かった。これまで日本《にほん》は中国《ちゅうごく》を相手《あいて》にずっと戦《たたか》ってきた。さらに、これからはアメリカ、イギリスまでを相手《あいて》に戦争《せんそう》をする。井戸端会議《いどばたかいぎ》の内容《ないよう》は、中国《ちゅうごく》へ行《い》った私《わたし》の父《ちち》を案《あん》じてのことだった。

私《わたし》の家《いえ》は新屋《しんや》。つまり本家《ほんけ》から独立《どくりつ》した分家《ぶんけ》。隣《となり》の家《いえ》が母屋《おもや》（本家《ほんけ》）。「せんちゃん」とは父《ちち》の兄《あに》のこと。本当《ほんとう》の名前《なまえ》は「千治《せんじ》さん」なんだけど、いつのまにか親《した》しみを込《こ》めて「せんちゃん」となってしまった。そして、幼《おさな》い私《わたし》までもが「せんちゃん」と呼《よ》ぶようになった。父《ちち》は弟《おとうと》なので分家《ぶんけ》して隣《となり》に家《いえ》を建《た》てた。ほとんど父《ちち》は不在《ふざい》なので、「せんちゃん」が私《わたし》の父親代《ちちおやが》わりのような存在《そんざい》であった。隣《となり》の母屋《おもや》へ行《い》けば、兄《あに》や姉《あね》のような従兄弟《いとこ》たちもいた。だから父《ちち》がいなくても寂《さび》しくはなかった。

一九四二年《ねん》（昭和十七年《しょうわじゅうしちねん》）六月《ろくがつ》のミッドウェー海戦以降《かいせんいこう》、戦局《せんきょく》は悪化《あっか》の一途《いっと》をたどっていた。にも関《かか》わらず、ラジオや新聞《しんぶん》で流《なが》されるニュースは連戦連勝《れんせんれんしょう》という、日本《にほん》にとって有利《ゆうり》な報道《ほうどう》ばかり。報道管制《ほうどうかんせい》が敷《し》かれていたため、何《なに》を信《しん》じればいいのか、誰《だれ》も分《わ》からない時代《じだい》であった。

ただ戦争《せんそう》が始《はじ》まった頃《ころ》、大野原《おおのはら》のような田舎《いなか》では戦時色《せんじしょく》はあまり見《み》られなかった。

一九四三年《ねん》（昭和十八年《しょうわじゅうはちねん》）四月《しがつ》
私《わたし》は尋常高等小学校《じんじょうこうとうしょうがっこう》に入学《にゅうがく》した。

桜花絢爛《おうかけんらん》の季節《きせつ》から新緑《しんりょく》の季節《きせつ》を迎《むか》えた五月《ごがつ》。久《ひさ》しぶりに父《ちち》からの手紙《てがみ》が届《とど》いた。いつものように「軍用郵便《ぐんようゆうびん》」という赤《あか》い印《いん》が押《お》されている。

母《はは》が嬉《うれ》しそうに手紙《てがみ》を郵便屋《ゆうびんや》さんから受《う》け取《と》った。

「父《とお》さんからじゃ」

「父《とお》さんが帰《かえ》って来《く》る。また一緒《いっしょ》に牡丹餅《ぼたもち》が食《た》べられる」

私《わたし》と弟《おとうと》は嬉《うれ》しくなり、はしゃいだ。

しかし、手紙《てがみ》の内容《ないよう》を一読《いちどく》した母《はは》の表情《ひょうじょう》は硬《かた》かった。母《はは》は手紙《てがみ》を持《も》って隣《となり》の母屋《おもや》へ走《はし》った。私《わたし》も弟《おとうと》も一緒《いっしょ》について行《い》ったが、大人《おとな》たちの会話《かいわ》の中《なか》に子《こ》どもが入《はい》っていけるような雰囲気《ふんいき》ではなかった。

　我が家《わがや》に帰《かえ》って来《き》た母《はは》に対《たい》して恐《おそ》る恐《おそ》る尋《たず》ねてみた。

「母《かあ》ちゃん、父《とお》さんに何《なに》かあったん？」

「えーか、よーに聞《き》けよ。父《とお》さんは戦地《せんち》で大怪我《おおけが》をしたそうじゃ。敵《てき》の弾《たま》に当《あ》たったらしい。もう少《すこ》ししたら、日本《にほん》の病院《びょういん》に転院《てんいん》されるんじゃ」

「転院《てんいん》って？」

「中国《ちゅうごく》の病院《びょういん》では治《なお》らんから、日本《にほん》の病院《びょういん》へ運《はこ》ばれるってことじゃ」

　私《わたし》の心《こころ》の中《なか》は複雑《ふくざつ》になった。怪我《けが》をしたことはとても辛《つら》いことだ。もしかするとその怪我《けが》が元《もと》で、命《いのち》まで奪《うば》われるかもしれない。でもこれでまた父《ちち》に会《あ》える。私《わたし》は小学一年生《しょうがくいちねんせい》。父《ちち》に小学生《しょうがくせい》になったことを報告《ほうこく》することができる。しかし、父《ちち》の怪我《けが》のことを心配《しんぱい》している母《はは》に、私《わたし》の本音《ほんね》を伝《つた》えることはできなかった。

　怪我《けが》も「名誉《めいよ》の負傷《ふしょう》」と考《かんが》えれば、「人間万事塞翁《にんげんばんじさいおう》が馬《うま》」。「転禍為福《てんかいふく》（禍転《わざわいてん》じて福《ふく》と為《な》す）」。

　命《いのち》に別状《べつじょう》なかったのなら、吉《きち》と考《かんが》えた方《ほう》がいいのでは、と誰《だれ》もが考《かんが》えた。

問題《もんだい》は父《ちち》の怪我《けが》の程度《ていど》であった。一生《いっしょう》、足腰《あしこし》が立《た》たないような大怪我《おおけが》なのだろうか。でも手紙《てがみ》を書《か》くことができたのだから、そこまでの大怪我《おおけが》ではないのでは。など様々《さまざま》な憶測《おくそく》が近所《きんじょ》、親戚中《しんせきじゅう》を飛《と》び交《か》った。二週間後《にしゅうかんご》、父《ちち》は、中国《ちゅうごく》から呉《くれ》の軍港《ぐんこう》へ船《ふね》で帰《かえ》ってきた。しかし、我《わ》が家《や》へは帰《かえ》らず、そのまま善通寺《ぜんつうじ》の陸軍病院《りくぐんびょういん》へ入院《にゅういん》することとなった。父《ちち》が入院《にゅういん》したと連絡《れんらく》を受《う》けた翌々日《よくよくじつ》、母《はは》と私《わたし》と弟《おとうと》の三人《さんにん》は豊浜駅《とよはまえき》から汽車《きしゃ》に乗《の》り、善通寺《ぜんつうじ》までお見舞《みま》いに行《い》った。

豊浜駅《とよはまえき》から多度津駅《たどつえき》まで約一時間《やくいちじかん》。そして、土讃線《どさんせん》に乗《の》り換《か》えて善通寺駅《ぜんつうじえき》へ。待《ま》ち時間《じかん》も入《い》れると片道二時間《かたみちにじかん》ぐらいかかった。私《わたし》や弟《おとうと》にとっては初《はじ》めて乗《の》る汽車《きしゃ》。力強《ちからづよ》く煙《けむり》を吐《は》き、シューという音《おと》と共《とも》に蒸気《じょうき》が吐《は》き出《だ》され、蒸気機関車《じょうききかんしゃ》の車輪《しゃりん》がゆっくりと回転《かいてん》する。客車《きゃくしゃ》で座《すわ》っている私《わたし》たちにも、連結器《れんけつき》の「ガタン、ガタン」という音《おと》が聞《き》こえて来《き》て、車体《しゃたい》が動《うご》き始《はじ》めるのが分《わ》かる。車体《しゃたい》はゆっくりと動《うご》き出《だ》した。車内《しゃない》に煙《けむり》が入《はい》って来《く》るので、母《はは》は急《きゅう》に窓《まど》を閉《し》めた。そして、目《め》に煤煙《ばいえん》が入《はい》らないように、私《わたし》と弟《おとうと》にハンカチが与《あた》えられた。そして、これで目《め》を覆《おお》うように言《い》われた。でも、スピードが上《あ》がるにしたがって、ハンカチのことなど忘《わす》れて、流《なが》れるような景色《けしき》に見入《みい》った。

詫間駅《たくまえき》を過《す》ぎると左手《ひだりて》に塩田《えんでん》、そして、瀬戸内海《せとないかい》が一望《いちぼう》できた。詫間《たくま》と海岸寺《かいがんじ》の間《あいだ》を走《はし》っている時《とき》、母《はは》が急《きゅう》に海《うみ》に向《む》かって手《て》を合《あ》わした。

「母《かあ》ちゃん、どうして海《うみ》に向《む》かってお祈《いの》りをするん？」

私《わたし》は母《はは》に尋《たず》ねた。すると母《はは》はこう応《こた》えた。

「あの島《しま》に向《む》かって海岸《かいがん》から橋《はし》が延《の》びとるやろう。あの島《しま》は『津嶋《つしま》さん』といってな、子《こ》どもの神様《かみさま》じゃ。お前《まえ》もちゃんとお祈《いの》りしとき。それに父《とお》さんの怪我《けが》が早《はよ》う治《なお》るようにな」

私《わたし》は敬虔《けいけん》な面持《おももち》ちで手《て》を合《あ》わした。島《しま》に橋《はし》ができたのは昭和八年《しょうわはちねん》のこと。それまで本殿《ほんでん》がある島《しま》へは船《ふね》で渡《わた》っていた。

今《いま》では、夏季大祭《かきたいさい》のある毎年八月四日《まいとしはちがつよっか》と五日《いつか》だけ、橋《はし》を渡《わた》ることができる。私《わたし》は母《はは》の教《おし》えを忠実《ちゅうじつ》に守《まも》り、私《わたし》の息子《むすこ》や孫《まご》、そして、ひ孫《まご》にも、夏季大祭《かきたいさい》の日《ひ》には必《かなら》ず津嶋神社《つしまじんじゃ》を参詣《さんけい》するように言《い》ってきた。

陸軍病院《りくぐんびょういん》へ行《い》き、詰《つ》め所《しょ》で父《ちち》の病室《びょうしつ》を尋《たず》ねた。父《ちち》は六人部屋《ろくにんべや》の一室《いっしつ》で仮眠《かみん》していた。

父《ちち》は敵《てき》の銃弾《じゅうだん》を頭《あたま》に受《う》ける大怪我《おおけが》であった。いわゆる頭部《とうぶ》の貫通銃創《かんつうじゅうそう》。銃弾《じゅうだん》の位置《いち》がほんの数《すう》センチずれていると、小脳《しょうのう》や大脳《だいのう》にまで被弾《ひだん》することになり即死《そくし》。死《し》なないまでも、話《はな》すことができない、歩《ある》くことができない、これまでの記憶《きおく》がまったくないなど、重篤《じゅうとく》になり重《おも》い後遺症《こういしょう》を残《のこ》すことになる。父《ちち》が銃弾《じゅうだん》を頭《あたま》に受《う》けていながら、命《いのち》に別状《べつじょう》なく、後遺症《こういしょう》も残《のこ》さず、こうして善通寺《ぜんつうじ》の陸軍病院《りくぐんびょういん》に入院《にゅういん》することができたのは、奇跡中《きせきちゅう》の奇跡《きせき》であった。これもお大師《だいし》さんのおかげだと、母《はは》はお大師《だいし》さんの方《ほう》に向《む》いて手《て》を合《あ》わせた。

父《ちち》は、私《わたし》たちに心配《しんぱい》をできるだけかけないように冗談《じょうだん》を言《い》って、私《わたし》たちの心《こころ》を和《やわ》らげようとした。

「支那《しな》の奴《やつ》らの弾《たま》も、たまには当《あ》たるわい」という感《かん》じであった。でも父《ちち》の頭《あたま》の傷口《きずぐち》を見《み》せてもらうと、私《わたし》の人差《ひとさ》し指《ゆび》が一本入《いっぽんはい》るような穴《あな》が空《あ》いていた。

「『てー』もついに小学生《しょうがくせい》になったんか。早《はや》いの」

私《わたし》は父《ちち》から優《やさ》しい声《こえ》をかけられた。物心《ものごころ》がついた弟《おとうと》は、父《ちち》に遠慮《えんりょ》せず、父《ちち》のベッドの上《うえ》ではしゃいで母《はは》に叱《しか》られた。

「まあ、えーがい、えーがい」

父《ちち》は息子《むすこ》の無邪気《むじゃき》な行動《こうどう》をとがめるようなこともしなかった。

帰《かえ》りまで時間《じかん》があったので、母《はは》と私《わたし》と弟《おとうと》の三人《さんにん》でお大師《だいし》さんへお参《まい》りに行《い》った。何《なん》といっても、大怪我《おおけが》はしたものの、命《いのち》に別状《べつじょう》がなかったことに対《たい》するお礼《れい》である。

父《ちち》は一《いっ》ヶ月《かげつ》ぐらい入院《にゅういん》していた。その後《ご》、陸軍病院《りくぐんびょういん》を退院《たいいん》。我《わ》が家《や》に戻《もど》ってきた。そして、家《いえ》で療養《りょうよう》することになった。

近所《きんじょ》や親戚《しんせき》の人《ひと》たちは、「まあ、『日《ひ》にち薬《ぐすり》』やきに、ゆっくりしとったらええがな」と父《ちち》に言《い》っていた。父《ちち》も久《ひさ》しぶりに命《いのち》の洗濯《せんたく》ができると感《かん》じたに違《ちが》いない。

一九四三年《ねん》（昭和十八年《しょうわじゅうはちねん》）七月《しちがつ》

父《ちち》が再《ふたた》び帰《かえ》ってきた。あの頃《ころ》は、次第《しだい》に物《もの》が不足《ふそく》してきた時代《じだい》であった。一九三八年《ねん》に国家総動員法《こっかそうどういんほう》が発令《はつれい》されて以来《いらい》、人《ひと》びとの生活《せいかつ》は苦《くる》しくなり、国民《こくみん》は大変《たいへん》な犠牲《ぎせい》を強《し》いられるようになった。軍需品《ぐんじゅひん》の生産《せいさん》が優先《ゆうせん》され、生活必需品《せいかつひつじゅひん》の供給《きょうきゅう》が減《へ》り、一九四十年《ねん》に砂糖《さとう》とマッチが切符制《きっぷせい》に、一九四一年《ねん》には、米《こめ》が配給制《はいきゅうせい》に、翌年《よくとし》には衣料品《いりょうひん》が切符制《きっぷせい》となった。

そのような中《なか》、母《はは》は、父《ちち》のために小豆《あずき》と砂糖《さとう》、それに米粉《こめこ》を工面《くめん》して、納屋《なや》に隠《かく》れて牡丹餅《ぼたもち》を作《つく》ったことがある。当時《とうじ》、住民《じゅうみん》を相互《そうご》に監視《かんし》させる目的《もくてき》で、町内会《ちょうないかい》などの下《した》に約十戸《やくじゅっこ》を単位《たんい》とする隣組《となりぐみ》が組織《そしき》されていた。だから、贅沢品《ぜいたくひん》である牡丹餅《ぼたもち》を作《つく》り食《た》べるなんて論外《ろんがい》。このことが憲兵《けんぺい》に知《し》られると大変《たいへん》なことになる。父《ちち》は陸軍《りくぐん》の軍人《ぐんじん》さんだけど、憲兵《けんぺい》といざこざを起《お》こすとややこしい問題《もんだい》に発展《はってん》しかねない。

父《ちち》は母《はは》がせっかく作《つく》った牡丹餅《ぼたもち》を、一切口《いっさいくち》にしなかった。私《わたし》と弟《おとうと》は暗《くら》い納屋《なや》の中《なか》で、人目《ひとめ》をはばかりながら食《た》べた。

牡丹餅《ぼたもち》の味《あじ》は、いつもと変《か》わらず美味《おい》しかった。けれど父《ちち》が食《た》べない牡丹餅《ぼたもち》は牡丹餅《ぼたもち》じゃなかった。私《わたし》にとっての牡丹餅《ぼたもち》は、父《ちち》や家族《かぞく》と一緒《いっしょ》に、しかも縁側《えんがわ》で緑茶《りょくちゃ》を飲《の》みながら食《た》べてこそ、本当《ほんとう》の牡丹餅《ぼたもち》の味《あじ》になると信《しん》じていた。

父《ちち》は五《ご》ヶ月《かげつ》近《ちか》く我《わ》が家《や》で静養《せいよう》した。父《ちち》の頭《あたま》の傷《きず》は次第《しだい》に治癒《ちゆ》してきた。その間《かん》、父《ちち》は私《わたし》や弟《おとうと》と一緒《いっしょ》に遊《あそ》んでくれたけど、父《ちち》の頭《あたま》の中《なか》は戦局《せんきょく》のことで一杯《いっぱい》だった。新聞記事《しんぶんきじ》にはくまなく目《め》を通《とお》していた。ラジオは近所《きんじょ》に一台《いちだい》しかなかった。ラジオがあるその家《いえ》を毎日訪問《まいにちほうもん》させていただき、ラジオからのニュースに聞《き》き入《い》っていた。

父《ちち》の年齢《ねんれい》はすでに今《いま》でいう定年退職《ていねんたいしょく》の年齢《ねんれい》。つまり、陸軍《りくぐん》の停限年齢《ていげんねんれい》に達《たっ》しようとしていた。それに、傷口《きずぐち》が徐々《じょじょ》に回復《かいふく》しているものの、まだまだ負傷《ふしょう》した身《み》。傷病兵《しょうびょうへい》だ。このまま戦地《せんち》へ赴《おもむ》くこともなく、兵役《へいえき》を引退《いんたい》するのではないかと誰《だれ》もが考《かんが》えていた。

しかし、人々《ひとびと》のそのような期待《きたい》は、虚《むな》しく去《さ》っていこうとしていた。着実《ちゃくじつ》に運命《うんめい》の日《ひ》は近《ちか》づいていた。

一九四四年《ねん》（昭和十九年《しょうわじゅうくねん》）の正月《しょうがつ》を迎《むか》えた。戦局《せんきょく》は益々悪化《ますますあっか》の一途《いっと》をたどった。

そのような中《なか》、善通寺《ぜんつうじ》にある陸軍第十一師団《りくぐんだいじゅういちしだん》より父《ちち》に帰営命令《きえいめいれい》が下《くだ》った。

「えっ、父《とお》さん、また兵隊《へいたい》に行くん？」

私《わたし》は父《ちち》に尋《たず》ねた。

「これもお国《くに》のためじゃ、父《とお》さんはまた帰《かえ》ってくるから待《ま》っとけよ。たぶん兵隊《へいたい》に行《い》くのも、もうこれが最後《さいご》になるじゃろ。帰《かえ》って来《き》たら、一緒《いっしょ》に遊《あそ》んでやるけんの」と言《い》い残《のこ》したまま家《いえ》を出《で》て行《い》った。

これが私《わたし》と父《ちち》との最後《さいご》の会話《かいわ》になった。

（このまま父《ちち》の怪我《けが》が治《なお》らなければ良《よ》かったのに・・・）

不謹慎《ふきんしん》だけど私《わたし》はそう思《おも》った。口《くち》にこそ出《だ》せないけど、母《はは》もそう思《おも》ったに違《ちが》いない。

善通寺《ぜんつうじ》への出発《しゅっぱつ》の前夜《ぜんや》、母《はは》は一人納屋《ひとりなや》の中《なか》で泣《な》いていたことを、今《いま》でも覚《おぼ》えている。

これも運命《うんめい》の悪戯《いたずら》。戦争《せんそう》の激化《げきか》に伴《ともな》い、多《おお》くの兵隊《へいたい》の命《いのち》が奪《うば》われた。その穴埋《あなう》めとして、高齢《こうれい》で傷病兵《しょうびょうへい》の父《ちち》までが、兵隊《へいたい》に戻《もど》ることになった。

三　大日峠《だいにちとうげ》

一九四四年《ねん》（昭和十九年《しょうわじゅうくねん》）三月十九日《さんがつじゅうくにち》（日《にち》）
父《ちち》からの軍事郵便《ぐんじゆうびん》が届《とど》いた。手紙《てがみ》を一読《いちどく》した母《はは》はまたまた気《き》が動転《どうてん》し、手紙《てがみ》を持《も》って母屋《おもや》（本家《ほんけ》）へ走《はし》った。私《わたし》と弟《おとうと》も母《はは》の後《あと》を追《お》ってみようとしたが、今回《こんかい》も大人《おとな》の会話《かいわ》の中《なか》に入《はい》ることはできないと思《おも》い、家《いえ》で母《はは》の帰《かえ》りを待《ま》つことにした。なかなか母《はは》は帰《かえ》って来《こ》なかった。よほど深刻《しんこく》なことが起《お》きていることが、小学生《しょうがくせい》の私《わたし》にも感《かん》じられた。小一時間《こいちじかん》ぐらいして母《はは》は帰《かえ》ってきた。私《わたし》と弟《おとうと》は母《はは》の元《もと》へ走《はし》り寄《よ》った。

「父《とお》さんの身《み》にまた何《なに》かあったん？」

するとと母《はは》は何《なに》か言《い》いにくそうに話《はな》し出《だ》した。

「『てー』よ、よーに聞《き》けよ。実《じつ》はな、父《とお》さん、いよいよ外地《がいち》へ出征《しゅっせい》することになったんじゃ。ほんでな、明後日《あさって》の十一時《じゅういちじ》から三十分《さんじゅっぷん》だけ家族《かぞく》と面会《めんかい》できるそうじゃ。

お前《まえ》、すまんけんど、善通寺《ぜんつうじ》へ行《い》って父《とお》さんに会《あ》って来《き》てくれんかい？」

「えっ、母《かあ》ちゃんは？　母《かあ》ちゃんはなんでウチと一緒《いっしょ》に行《い》けんの？」

母《はは》は何《なに》か恥《は》ずかしそうに言《い》い出《だ》した。

「実《じつ》はな、母《かあ》ちゃんに赤《あか》ちゃんができたってことが、つい最近《さいきん》分《わ》かったんじゃ。ほんで善通寺《ぜんつうじ》の方《ほう》まで行《い》っきょって（行《い》っていて）何《なに》かあったら、父《とお》さんに心配《しんぱい》かけるじゃろ。お前《まえ》に我《わ》が家《や》を代表《だいひょう》して行《い》ってきて欲《ほ》しいんじゃ」

今度《こんど》は私《わたし》が驚《おどろ》く番《ばん》であった。それは母《はは》に赤《あか》ちゃんができたということと、どうやって善通寺《ぜんつうじ》まで行《い》くかである。父《ちち》のお見舞《みま》いに行《い》った時《とき》は、母《はは》と弟《おとうと》の三人《さんにん》、汽車《きしゃ》で行《い》ったが、小学一年生《しょうがくいちねんせい》の私《わたし》が一人《ひとり》でどうやって善通寺《ぜんつうじ》の方《ほう》まで行《い》けばいいのか。一人《ひとり》で汽車《きしゃ》に乗《の》るなんて絶対《ぜったい》に不可能《ふかのう》だから。

思《おも》い切《き》って母《はは》に尋《たず》ねてみた。

すると母《はは》から、思《おも》いがけない返答《へんとう》があった。

「それがな、ええ案配《あんばい》に、母《おも》（母屋《おもや》）の『せんちゃん』が明後日《あさって》、炭《すみ》を善通寺《ぜんつうじ》まで運《はこ》ぶんじゃ、ほんでそのトラックに乗《の》って行《い》ってくれんかい？」

「えっ、トラック？」

私《わたし》はトラックというものに乗《の》ったことがなかった。私《わたし》の知《し》っている車《くるま》とは荷馬車《にばしゃ》のこと。私《わたし》の家《いえ》の前《まえ》を時々《ときどき》荷馬車《にばしゃ》が通《とお》ることがあった。荷馬車《にばしゃ》が通《とお》ると、私《わたし》と従兄弟《いとこ》たちは荷馬車《にばしゃ》の後《あと》を追《お》った。馬《うま》が時々《ときどき》歩《ある》きながら大《おお》きな糞《ふん》をする。その糞《ふん》を集《あつ》めて肥《こ》やしにするため。だから、てっきりその荷馬車《にばしゃ》に乗《の》って善通寺《ぜんつうじ》まで行《い》くのかと思《おも》っていた。「せんちゃん」は、大野原《おおのはら》の「五郷《ごごう》」という山間《やまあい》の集落《しゅうらく》まで行《い》き、そこの炭小屋《すみごや》で焼《や》かれた炭《すみ》をトラックに積《つ》み、善通寺《ぜんつうじ》の店《みせ》まで運《はこ》ぶ。そして、帰《かえ》りは、その店《みせ》にある雑貨品《ざっかひん》を観音寺《かんおんじ》へ運《はこ》ぶ仕事《しごと》をしていた。毎日《まいにち》ではなかったけど、ちょうど明後日《あさって》は五郷《ごごう》から炭《すみ》を運《はこ》ぶ日《ひ》となっていた。

「えーか、行《い》ってくれんかい？」

私《わたし》は、父《とお》さんに会《あ》える嬉《うれ》しさ、そして、生《う》まれて初《はじ》めて車《くるま》に乗《の》れるという期待《きたい》から、二《ふた》つ返事《へんじ》で承諾《しょうだく》した。

すると、母《はは》はまたまた不思議《ふしぎ》なことを言《い》い始《はじ》めた。

「それとの、父《とお》さんが大好《だいす》きな牡丹餅《ぼたもち》を持《も》って行《い》ってくれんかいの？」

今度《こんど》は、私《わたし》が驚《おどろ》く番《ばん》だった。いくら小学一年生《しょうがくいちねんせい》の私《わたし》でも、当時《とうじ》、牡丹餅《ぼたもち》が非常《ひじょう》に貴重《きちょう》な食《た》べ物《もの》であることぐらいは知《し》っていた。だから、牡丹餅《ぼたもち》を作《つく》る材料《ざいりょう》がどこにあるのか、不思議《ふしぎ》でたまらなかった。

翌日《よくじつ》、あんこづくりが始《はじ》まった。切符制《きっぷせい》になった砂糖《さとう》。配給制《はいきゅうせい》になった米《こめ》。母《はは》は母屋《おもや》（本家《ほんけ》）へ行《い》き、米粉《こめこ》を少《すこ》し分《わ》けてもらった。問題《もんだい》は小豆《あずき》。当時《とうじ》、小豆《あずき》も大変《たいへん》貴重《きちょう》な物《もの》。でも思《おも》わぬ所《ところ》に小豆《あずき》があった。

母《はは》は私《わたし》にこう言《い》い出《だ》した。

「『てー』よ。ずっと前《まえ》、お前《まえ》に作《つく》ってやったお手玉《てだま》があるやろう。それを全部《ぜんぶ》ここに持《も》って来《き》てくれんかい？」

「お手玉《てだま》？」

私《わたし》はなんのことかさっぱり分《わ》からないけど、母《はは》に言《い》われるまま、五個《ごこ》すべてのお手玉《てだま》を持《も》って来《き》た。するといきなり、母《はは》はそのお手玉《てだま》をハサミでバサッと切《き》った。

「ザラザラ・・・」

情《なさ》けない音《おと》を立《た》てて、小豆《あずき》が鍋《なべ》の中《なか》に転《ころ》がり落《お》ちた。数年前《すうねんまえ》に作《つく》ってくれたお手玉《てだま》に入《はい》っている古《ふる》い小豆《あずき》。そんな小豆《あずき》から本当《ほんとう》にあんこが作《つく》れるのだろうか。わずか五個《ごこ》のお手玉《おてだま》。小豆《あずき》の量《りょう》もほんのわずかであった。母《はは》はその鍋《なべ》に水《みず》を入《い》れた。一分《いっぷん》でも長《なが》く小豆《あずき》を水《みず》に浸《ひた》すためだ。

不安《ふあん》だったけど、こうなれば仕方《しかた》がない。

善通寺《ぜんつうじ》へ向《む》かう前夜《ぜんや》、あんこ作《づく》りが始《はじ》まった。お手玉《てだま》に入《はい》っていた小豆《あずき》から、うまくあんこになるかどうか分《わ》からない。小豆《あずき》が古《ふる》すぎる。こうなれば小豆《あずき》との格闘《かくとう》だ。小豆《あずき》がうまく作《つく》れないと牡丹餅《ぼたもち》にならない。

かまどのことを、讃岐《さぬき》では「おくどさん」と呼《よ》ぶ。そのおくどさんに薪《まき》がくべられ、火《ひ》が付《つ》けられた。もちろん今《いま》のような都市《とし》ガスやプロパンガスはない。それに今《いま》なら、圧力鍋《あつりょくなべ》があり五分《ごふん》ぐらい煮《に》ると完成《かんせい》なのかもしれない。しかし、時代《じだい》が時代《じだい》。そんな物《もの》はあるはずがない。いつもごはんを炊《た》いている土釜《どがま》に水《みず》と小豆《あずき》が入《い》れられ、コツコツと煮《に》る。その火加減《ひかげん》が非常《ひじょう》に難《むずか》しい。しかし、母《はは》は熟練工《じゅくれんこう》のように薪《まき》の入《い》れ方《かた》を微妙《びみょう》に調整《ちょうせい》した。

我《わ》が家《や》には立派《りっぱ》な鉄製《てっせい》の釜《かま》があったけど、昭和十六年《しょうわじゅうろくねん》の金属類回収令《きんぞくるいかいしゅうれい》により供出《きょうしゅつ》。昭和十八年《しょうわじゅうはちねん》になると、再度《さいど》、隣組《となりぐみ》の人《ひと》たちが各家庭《かくかてい》を回《まわ》り、鉄類《てつるい》を供出《きょうしゅつ》。鉄《てつ》の鍋《なべ》までも持《も》って行《い》かれた。

土鍋《どなべ》の水《みず》が少《すく》なくなってきた時《とき》、母《はは》は非常《ひじょう》に貴重《きちょう》な砂糖《さとう》をほんの少《すこ》しだけ入《い》れた。本当《ほんとう》なら小豆《あずき》と同《おな》じぐらいの重《おも》さの量《りょう》の砂糖《さとう》を入《い》れるのだけれど、それは不可能《ふかのう》。当時《とうじ》、台湾《タイワン》や硫黄島《いおうとう》、南大東島《みなみだいとうじま》など、南方《なんぼう》から来《く》る砂糖《さとう》が途絶《とだ》えたため、砂糖《さとう》の値段《ねだん》は信《しん》じられないくらい高騰《こうとう》していた。砂糖《さとう》が切符制《きっぷせい》になったとはいえ、正直言《しょうじきい》って庶民《しょみん》には高嶺《たかね》の花《はな》。例《たと》えば、昭和二十年一月《しょうわにじゅうねんいちがつ》の史料《しりょう》では、白米一升《はくまいいっしょう》が二十円《にじゅうえん》。卵一個《たまごいっこ》が二円《にえん》に対《たい》して、砂糖《さとう》は約《やく》三百七十五グラムが五十円《ごじゅうえん》。ではこの一円《いちえん》という単位《たんい》が今《いま》のお金《かね》に換算《かんさん》するといくらぐらいになるのか。昭和十七年《しょうわじゅうしちねん》の史料《しりょう》によると、カレーライスが十銭《じゅっせん》（一円《いちえん》の十分《じゅうぶん》の一《いち》）、映画館《えいがかん》の入場料《にゅうじょうりょう》が五十銭《ごじゅうせん》（一円《いちえん》の半分《はんぶん》）といわれていた。だから一円《いちえん》は今《いま》の五千円《ごせんえん》から一万円《いちまんえん》ぐらい。米粉《こめこ》と同《おな》じくらいの量《りょう》の砂糖《さとう》だと、二十五万円《にじゅうごまんえん》から五十万円《ごじゅうまんえん》となる。

母《はは》は戦争《せんそう》が始《はじ》まる前《まえ》から砂糖《さとう》をきっちりと密閉《みっぺい》できる容器《ようき》に入《い》れ、日《ひ》の当《あ》たらない所《ところ》に保管《ほかん》していた。ほんの少《すこ》しだけど、蓄《たくわ》えがあったというわけ。砂糖《さとう》を買《か》ってきて牡丹餅《ぼたもち》づくりなんて、絶対《ぜったい》に不可能《ふかのう》であった。

それと母《はは》はこしあんにせず、粒《つぶ》あんにした。理由《りゆう》は小豆《あずき》が少《すく》ないから。小豆《あずき》の皮《かわ》までも活用《かつよう》することにした。今考《いまかんが》えると、塩《しお》あんでも良《よ》かったのだけど、少《すこ》しでも父《ちち》の大好《だいす》きな甘《あま》いあんこに近《ちか》づけようとしていたのだろう。

砂糖《さとう》の量《りょう》がいつもの半分《はんぶん》にも届《とど》かないあんこになってしまったけど、それでも超《ちょう》が付《つ》くほど貴重《きちょう》なあんこ。

今《いま》だと、トリュフかキャビアのような物《もの》。

「『てー』よ。ちょっと舌《した》を出《だ》してみ」

私《わたし》が舌《した》を出《だ》すと、母《はは》はほんの少《すこ》しだけ、あんこを私《わたし》の舌《した》の上《うえ》に乗《の》せた。

「甘《あま》い！」

父《ちち》と一緒《いっしょ》に食《た》べていた頃《ころ》のあんこには、到底及《とうていおよ》ばなかったけれど、それでもかすかに砂糖《さとう》の甘《あま》さと父《ちち》の香《かお》りを感《かん》じた。

（そうだわ、これは父《とお》さんに「チュウ」した時《とき》の甘《あま》いあんこ）

私《わたし》は心《こころ》の中《なか》でそう思《おも》った。

「よっしゃ。できた!」
母《はは》の納得《なっとく》した言葉《ことば》を聞《き》き、嬉《うれ》しそうな顔《かお》を見《み》たのは，本当《ほんとう》に久《ひさ》しぶりだった。父《ちち》の喜《よろこ》ぶ顔《かお》が想像《そうぞう》できた。

いよいよ善通寺《ぜんつうじ》へ出発《しゅっぱつ》する日《ひ》がやってきた。まだ夜《よ》が明《あ》けきらない午前四時前《ごぜんよじまえ》、母《はは》と私《わたし》との共同作業《きょうどうさぎょう》による牡丹餅作《ぼたもちづく》りが始《はじ》まった。母《はは》が米粉《こめこ》に少《すこ》しずつ水《みず》を入《い》れて団子状《だんごじょう》にした。それを私《わたし》の小《ちい》さい手《て》で丸《まる》める。

もともと米粉《こめこ》もあんこも少《すく》ないので、これまでのような大《おお》きい牡丹餅《ぼたもち》は作《つく》れない。母《はは》は私《わたし》の手《て》を借《か》りたということにして、私《わたし》にあえて小《ちい》さく丸《まる》めさせた。娘《むすめ》が作《つく》った牡丹餅《ぼたもち》を父《ちち》に食《た》べさせてあげようとする母《はは》の優《やさ》しさもあったのだろう。湯《ゆ》が沸騰《ふっとう》している土鍋《どなべ》に団子状《だんごじょう》の餅《もち》を入《い》れる。餅《もち》が浮《う》かびあがるとお玉《たま》ですくい、昨日作《きのうつく》ったあんこをまぶす。いつものような大《おお》きい牡丹餅《ぼたもち》ではないけど、ピンポン球《たま》を少《すこ》し大《おお》きくしたぐらいの牡丹餅《ぼたもち》が五個完成《ごこかんせい》した。それを大切《たいせつ》に竹皮《たけかわ》に並《なら》べて、ハンカチで包《つつ》んで完成《かんせい》。

「えーか『てー』よ。父《とお》さんに会《あ》ったら、『これは私《わたし》が全部作《ぜんぶつく》ったんだよ』と言《い》って、面会《めんかい》ができる部屋《へや》で一緒《いっしょ》に食《た》べるんで」

「うん、分《わ》かった！」

「父《ちち》さんは、外地《がいち》に行《い》ってしまうと、しばらく牡丹餅《ぼたもち》は食《た》べられんから、父《とお》さんよりよーけ食《た》べたらいかんで。父《とお》さんが四《よっ》つ食《た》べたら、お前《まえ》はひとつ。父《とお》さんが三《みっ》つ食《た》べたら、お前《まえ》は何個食《なんこた》べたらええんかいの？」

すでに私《わたし》は尋常高等小学校《じんじょうこうとうしょうがっこう》の一年生《いちねんせい》。このような計算《けいさん》はすぐできるはずなのに、手《て》のひらを大《おお》きく広《ひろ》げて、「父《とお》さんが三《みっ》つ食《た》べたら・・」と言《い》いながら、「親指《おやゆび》、人差《ひとさ》し指《ゆび》、中指《なかゆび》」と三本《さんぼん》の指《ゆび》を折《お》り曲《ま》げた。そして、残《のこ》った二本《にほん》の指《ゆび》を見《み》つめて

「二個《にこ》」と叫《さけ》んだ。

「合《あ》っとる！」

母《はは》は目《め》を細《ほそ》くして私《わたし》を見《み》つめた。

「さぁ、ぼちぼち『せんちゃん』が迎《むか》えに来《く》る頃《ころ》やろう」

私《わたし》は牡丹餅《ぼたもち》を大事《だいじ》に抱《かか》えて、家《いえ》の前《まえ》で待《ま》つことにした。

十一時《じゅういちじ》からの面会《めんかい》だけど、少《すこ》し早《はや》めに行《い》こうということで、朝五時《あさごじ》に迎《むか》えに来《く》ることになっていた。しかし、いくら待《ま》っても「せんちゃん」はやって来《こ》なかった。今《いま》なら、携帯電話《けいたいでんわ》で尋《たず》ねることができるのにあの頃《ころ》とは時代《じだい》が違《ちが》った。母《はは》が母屋《おもや》へ行《い》き尋《たず》ねると、今朝《けさ》は四時《よじ》に歩《ある》いて車《くるま》を取《と》りに行《い》ったという返事《へんじ》。荷物《にもつ》は昨日《きのう》の夕方《ゆうがた》に積《つ》んだから、もう来《く》るのではないかとのこと。

待《ま》つこと半時間《はんじかん》。

「ドロン、ドロン、ドロン・・・」

ものすごい音《おと》を響《ひび》かせて、「せんちゃん」はやって来《き》た。まるで戦車《せんしゃ》のような地響《ぢひび》きで近所中《きんじょじゅう》の人《ひと》たちが驚《おどろ》いてやってきた。

当時《とうじ》、車《くるま》はとても高価《こうか》で超貴重《ちょうきちょう》。もちろん個人《こじん》で所有《しょゆう》できるような代物《しろもの》ではなく、会社《かいしゃ》からお借《か》りしている大切《たいせつ》なトラック。ただ、現在《げんざい》の国道《こくどう》や高速道路《こうそくどうろ》を走《はし》っているような大型《おおがた》トラックではなく三輪車《さんりんしゃ》。今《いま》ならさしずめ小型《こがた》トラック程度《ていど》。でも私《わたし》の目《め》にはとても大《おお》きなトラックに映《うつ》った。それと車《くるま》は木炭車《もくたんしゃ》（木炭自動車《もくたんじどうしゃ》）。

一九四一年《ねん》（昭和十六年《しょうわじゅうろくねん》）九月《くがつ》

鉄道省《てつどうしょう》は、バスやタクシーのガソリン使用《しよう》を全面禁止《ぜんめんきんし》すると発表《はっぴょう》。そして、代替《だいたい》燃料《ねんりょう》を使用《しよう》した自動車《じどうしゃ》だけが公道《こうどう》を走《はし》れることができた。運転台《うんてんだい》のすぐ後《うし》ろに、焼却炉《しょうきゃくろ》のような木炭《もくたん》ガス発生炉《はっせいろ》が置《お》かれ、木炭《もくたん》や薪《まき》を燃《も》やして不完全燃焼《ふかんぜんねんしょう》により発生《はっせい》する木炭《もくたん》ガス（一酸化炭素《いっさんかたんそ》）と微量《びりょう》の水素《すいそ》の混合気《こんごうき》でエンジンを回《まわ》して車《くるま》を走《はし》らせる仕組《しく》みであった。

運転台《うんてんだい》とは、乗《の》り物《もの》を操作《そうさ》する運転席《うんてんせき》と助手席《じょしゅせき》の総称《そうしょう》。

これまでのガソリンエンジンを流用《りゅうよう》できることから、比較的簡単《ひかくてきかんたん》に改造《かいぞう》することができた。けれど、ガスの熱量《ねつりょう》が小《ちい》さく、エンジンの出力《しゅつりょく》は極《きわ》めて低《ひく》かった。だから木炭《もくたん》バスだと、上《のぼ》り坂《さか》になると、乗客《じょうきゃく》らが降《お》りて、後《うし》ろからバスを押《お》すという光景《こうけい》が当時《とうじ》はよく見《み》られた。

木炭《もくたん》を早《はや》く着火《ちゃっか》させるため、ギア式《しき》の手回《てまわ》し送風機《そうふうき》が取《と》り付《つ》けられている。その送風機《そうふうき》を回《まわ》していると、燃焼筒《ねんしょうとう》の中《なか》が真《ま》っ赤《か》になり強力《きょうりょく》な燃焼《ねんしょう》が始《はじ》まり、エンジンがかかるシステム。でもおいそれと、エンジンが簡単《かんたん》にかかるような物《もの》ではなかった。

「せんちゃん」は、エンジンをかけようとしたものの、冷《ひ》えているためになかなかかからない。そこで送風機《そうふうき》を力一杯《ちからいっぱい》回《まわ》しているうちに、やっとエンジンがかかったという次第《しだい》であった。

「遅《おく》れてすまん、すまん。さぁ、『てー』よ。早《は》よ乗《の》れ！　乗《の》ったらすぐ行《い》くど！」

私《わたし》は母《はは》に抱《かか》えられ助手席《じょしゅせき》に上《のぼ》った。

（ドロン、ドロン、ドロン・・・）

「すごい！」

まるでエンジンの上《うえ》に座《すわ》っているみたいで、エンジンの音《おと》が座席《ざせき》に直接響《ちょくせつひび》いてくる。それと運転台《うんてんだい》の高《たか》いこと。母《はは》の姿《すがた》がずっと下《した》に見《み》えた。

すごいエンジン音《おん》に起《お》こされたのか、弟《おとうと》が目《め》をこすりながら起《お》きてきた。そして、助手席《じょしゅせき》に座《すわ》っている私《わたし》を見《み》て「ぼくも連《つ》れて行《い》って！」と駄々《だだ》をこねて泣《な》き始《はじ》めた。母屋《おもや》の従兄弟《いとこ》たちも起《お》きてきた。そして、私《わたし》を、羨《うらや》ましく眺《なが》めた。

今《いま》なら、どこかの高級車《こうきゅうしゃ》に乗《の》せてもらっているようで、私《わたし》は優越感《ゆうえつかん》を感《かん》じた。

「くれぐれも父《とお》さんによろしゅうにな」

「分《わ》かったよ。ウチ、この牡丹餅《ぼたもち》を父《とお》さんと一緒《いっしょ》に食《た》べるけんな。ほんだら、行《い》ってくるけん」

私《わたし》は窓《まど》から首《くび》を出《だ》して母《はは》に手《て》を振《ふ》った。

「ほんだら『てー』よ、行《い》くど。しっかりとそこの取《と》っ手《て》につかまっとくんど」

「せんちゃん」はドアの取《と》っ手《て》を指《ゆび》さした。

私《わたし》はしっかりと取《と》っ手《て》を握《にぎ》った。

(ドロン、ドロン、ドロン・・・)

木炭車《もくたんしゃ》はものすごいエンジン音《おん》を響《ひび》かせては走《はし》り出《だ》した。

(ウワー　すごい!)

母《はは》の手《て》で押《お》さえられていた弟《おとうと》が、「ぼくも行《い》く!」と母《はは》の手《て》を振《ふ》り切《き》って追《お》って来《き》た。しかし、弟《おとうと》の足《あし》では追《お》うことはできなかった。

左側《ひだりがわ》のバックミラーを見《み》ていると、弟《おとうと》の姿《すがた》は次第《しだい》に小《ち》さくなっていった。

とは言《い》っても、現在《げんざい》の車《くるま》と比較《ひかく》すると、木炭車《もくたんしゃ》の速《はや》さは話《はなし》にならなかった。それに道《みち》がとんでもない悪路《あくろ》であった。舗装《ほそう》なんかされていないし、ぬかるみにタイヤを取《と》られる時《とき》もあった。

大野原《おおのはら》から観音寺《かんおんじ》を通《とお》り、豊中《とよなか》から高瀬《たかせ》までの道《みち》は、現在《げんざい》の国道十一号線《こくどうじゅういちごうせん》とほぼ平行《へいこう》していた。しかし、道幅《みちはば》はこの車《くるま》で一杯《いっぱい》。対向車《たいこうしゃ》はほとんどなかったけど、たまに荷馬車《にばしゃ》が来《く》る時《とき》があった。前方《ぜんぽう》から荷馬車《にばしゃ》が来《き》ているのが見《み》えた時《とき》は、ずっと手前《てまえ》の待避所《たいひじょ》みたいな所《ところ》で待《ま》って、荷馬車《にばしゃ》が通過《つうか》するのを待《ま》たなければいけない。運悪《うんわる》く出会《であ》い頭《がしら》に荷馬車《にばしゃ》に遭《あ》った時《とき》には、こちらが待避《たいひ》できる所《ところ》までバックしなければいけなかった。

なぜなら、私《わたし》が乗《の》っている木炭車《もくたんしゃ》はバックができても、荷馬車《にばしゃ》はバックできないから。

こうして荷馬車《にばしゃ》に遭遇《そうぐう》すると、無駄《むだ》な時間《じかん》が流《なが》れることになる。

大野原《おおのはら》の「十三塚《じゅうさんづか》」という所《ところ》を過《す》ぎると、私《わたし》の郷里《きょうり》ともいよいよお別《わか》れとなる。

夜《よる》が静《しず》かに明《あ》けてきた。私《わたし》は右手《みぎて》に目《め》をやった。讃岐山脈《さぬきさんみゃく》の西端《せいたん》に位置《いち》する雲辺寺《うんぺんじ》を見《み》ると、山《やま》の稜線《りょうせん》がそれまでの薄墨色《うすずみいろ》から濃紺色《のうこんしょく》に、そして時間《じかん》の経過《けいか》と共《とも》に、淡《あわ》い群青色《ぐんじょういろ》へと移《うつ》りかわっていった。

大野原《おおのはら》も戦争一色《せんそういっしょく》の世《よ》の中《なか》になってしまったけれど、夜明《よあ》けという自然現象《しぜんげんしょう》は変《か》わらない。いや、変《か》わって欲《ほ》しくない。

今日《きょう》は、宇宙《うちゅう》の黎明《れいめい》を思《おも》わせるような美《うつく》しい夜明《よあ》けだ。こんな美《うつく》しい夜明《よあ》けを見《み》たのは生《う》まれて初《はじ》めてだった。とても嬉《うれ》しくなった。

（今日《きょう》はきっといいことがある・・・）

心《こころ》の中《なか》でそう思《おも》った。

でも神様《かみさま》は私《わたし》に味方《みかた》をしてくれたのか、味方《みかた》してくれなかったのか、それは神《かみ》のみぞ知《し》る。

初《はじ》めて長《なが》い橋《はし》を渡《わた》った。柞田川《くにたがわ》だ。

でも、どうも様子《ようす》がおかしい。出作《しゅっさく》（現在《げんざい》の観音寺市出作町《かんおんじししゅっさくちょう》）付近《ふきん》を走《はし》っている時《とき》、朝《あさ》から引《ひ》っ越《こ》しをしている家《いえ》が多《おお》すぎる。

「せんちゃん」に尋《たず》ねてみた。

『せんちゃん』、なんで、ようけの家《いえ》が引《ひ》っ越《こ》ししよん？」

するとすると「せんちゃん」は声《こえ》を潜《ひそ》めて話《はな》してくれた。

「ここらにの、飛行場《ひこうじょう》ができるそうじゃ。ほんだら長《なが》い滑走路《かっそうろ》がいるじゃろ。滑走《かっそう》路《ろ》の邪魔《じゃま》になる家《いえ》は、のかん（立《た》ち退《の》き）といかんのじゃ」

あの頃《ころ》の私《わたし》は、日本《にほん》の勝利《しょうり》を信《しん》じていた。もう少《すこ》しすると、日《ひ》の丸《まる》をつけた戦闘機《せんとうき》がこの上《うえ》を飛《と》び交《か》い、アメリカの飛行機《ひこうき》をやっつけてくれるんだと。しかし、観音寺海軍飛行場《かんおんじかいぐんひこうじょう》の完成間近《かんせいまぢか》、この地《ち》は度重《たびかさ》なる空襲《くうしゅう》を受《う》けるようになる。日本《にほん》のゼロ戦《せん》に対抗《たいこう》して作《つく》られたグラマン戦闘機《せんとうき》が、毎日《まいにち》のように低空《ていくう》で飛来《ひらい》し、住民《じゅうみん》たちに機銃掃射《きじゅうそうしゃ》をおこない、多《おお》くの犠牲者《ぎせいしゃ》が出《で》るようになった。

結局《けっきょく》、飛行場《ひこうじょう》の完成《かんせい》を待《ま》つことなく、終戦《しゅうせん》を迎《むか》えることになる。

私《わたし》は、引《ひ》っ越《こ》しをしている人《ひと》たちのことを案《あん》じて「せんちゃん」に尋《たず》ねると、「軍《ぐん》の命令《めいれい》は絶対《ぜったい》じゃ。嫌《いや》じゃと言《い》えば、大事《おおごと》になるんぞ」と言《い》われた。

「せんちゃん」が話《はな》してくれたことを、数時間後《すうじかんご》に私《わたし》が身《み》をもって体験《たいけん》するとは。あの時《とき》の私《わたし》は、まだお気楽《きらく》であった。

またまた長《なが》い橋《はし》を渡《わた》った。財田川《さいたがわ》だ。

『てー』よ。これが財田川《さいたがわ》じゃ。この川《かわ》を渡《わた》ると本山《もとやま》じゃ。あそこに五重塔《ごじゅうのとう》が見《み》え

とるじゃろ。あれが本山寺《もとやまじ》じゃ」

「ふーん」

すごく遠《とお》くに来《き》たような感《かん》じがした。

本山寺《もとやまじ》。

四国霊場七十番札所《しこくれいじょうななじゅうばんふだしょ》となっている古刹《こさつ》。

「えっ、何《なん》じゃ、何《なん》じゃ！」

急《きゅう》に「せんちゃん」が大声《おおごえ》を上《あ》げた。

「どうしたん？」

『てー』よ、あれを見《み》てみい。なんでか知《し》らんけんど、人《ひと》がよーけおるがい。どし

たんど」

「せんちゃん」は、いつもこの道《みち》を通《とお》って善通寺《ぜんつうじ》まで行《い》っている。だけどこんな

に多《おお》くの人《ひと》を見《み》たのは初《はじ》めてらしい。

「『てー』よ。今日《きょう》は何日《なんにち》じゃ？」

「二十一日《にじゅういちにち》だよ」

「ほんでか（それでか）。今日《きょう》はお彼岸《ひがん》のお中日《ちゅうにち》じゃが」

彼岸《ひがん》の中日《ちゅうにち》ということで、多《おお》くの参拝者《さんぱいしゃ》が近隣《きんりん》の村《むら》から本山寺《もとやまじ》にやってきている。

路上《ろじょう》では、威勢《いせい》よく農家《のうか》の人《ひと》が野菜《やさい》を売《う》っている。農具《のうぐ》や植木《うえき》などを売《う》っている市《いち》も開《ひら》かれていた。「のぞき」という見《み》せ物小屋《ものごや》もあった。

このまま車《くるま》を走《はし》らせると、お祭《まつ》りの行列《ぎょうれつ》の中《なか》に突《つ》っ込《こ》んでいくようなものであった。でも迂回路《うかいろ》はない。

仕方《しかた》なく、「せんちゃん」は、「ブーブー」とクラクションを鳴《な》らし続《つづ》けながら、人混《ひとご》みの中《なか》に車《くるま》を進《すす》めた。車《くるま》に気《き》づき、人《ひと》びとは左右《さゆう》に避《さ》けてはくれるけど、スピードは一段《いちだん》と下《さ》がった。

徐行《じょこう》をしないといけない。人《ひと》をはねてしまえば大変《たいへん》だ。私《わたし》は不安《ふあん》になってきた。

「『せんちゃん』、十一時《じゅういちじ》に間《ま》に合《あ》うん？」

「大丈夫《だいじょうぶ》、大丈夫《だいじょうぶ》。もうちょっとしたら、人《ひと》も減《へ》るじゃろう」

本山寺《もとやまじ》付近《ふきん》から、わずか五百《ごひゃく》メートル走《はし》るだけで、三十分《さんじゅっぷん》近《ちか》い時《とき》が流《なが》れた。大野原《おおのはら》を出《で》て本山《もとやま》まで二時間《にじかん》もかかったことになる。今《いま》なら本山《もとやま》まで、国道十一号《こくどうじゅういちごう》線《せん》を走《はし》ると十五分《じゅうごふん》ぐらい。高速道路《こうそくどうろ》だと五分《ごふん》ぐらいで到着《とうちゃく》する。権兵衛《ごんべえ》さん（現在《げんざい》の三豊市豊中町笠田笠岡《みとよしとよなかちょうかさだかさおか》にある七義士神社《しちぎしじんじゃ》）を過《す》ぎる。高瀬《たかせ》に入《はい》り、六《む》ツ松付近《まつふきん》から右折《うせつ》した。直進《ちょくしん》すると鳥坂峠《とっさかとうげ》となる。なぜ右折《うせつ》したのかというと、大日峠越《だいにちとうげこ》えの方《ほう》が、善通寺《ぜんつうじ》へ行《い》くには若干距離《じゃっかんきょり》が短《みじか》いから。

この分《わ》かれ道《みち》が、私《わたし》にとって、「運命《うんめい》の分《わ》かれ道《みち》」となった。

いよいよ大日峠《だいにちとうげ》を越《こ》えるということで、「せんちゃん」は道幅《みちはば》が広《ひろ》いところで車《くるま》を停《と》めた。そして、木炭《もくたん》や薪《まき》を木炭《もくたん》ガス発生炉《はっせいろ》にどんどんと入《い》れ始《はじ》めた。

「『せんちゃん』どうするん？」

「『てー』よ、車《くるま》のお腹《なか》が空《す》いてきたから、飯《めし》を食《く》わしてやるんじゃ。これで腹《はら》も起《お》きる（満腹《まんぷく》になる）から、言《い》うことを効《き》くやろう。がんばって大日《だいにち》を越《こ》えてくれよ。

頼《たの》むど」

「うん」

「せんちゃん」と私《わたし》は木炭車《もくたんしゃ》の荷台《にだい》を叩《たた》いた。

木炭車《もくたんしゃ》の燃費《ねんび》は、木炭十五《もくたんじゅうご》キログラムで十《じゅっ》キロメートルぐらい走《はし》ることができる。しかし、坂道《さかみち》になると燃費《ねんび》は十分《じゅうぶん》の一《いち》ぐらいに極端《きょくたん》に悪《わる》くなる。しかもトルクがあまりないので、大量《たいりょう》に荷《に》を積《つ》んだ場合《ばあい》、坂《さか》を登《のぼ》り切《き》れなくなることも考《かんが》えられる。

「せんちゃん」は、何回《なんかい》も大野原《おおのはら》と善通寺《ぜんつうじ》を往復《おうふく》しているので、いつもこの場所《ばしょ》に停《と》まり木炭《もくたん》を補給《ほきゅう》している。だから、どのくらい荷物《にもつ》を積《つ》めばいいのかよく知《し》っている。

しかし、今日《きょう》に限《かぎ》って荷《に》を少《すこ》し積《つ》み過《す》ぎたようだ。それも災《わざわ》いの元《もと》となった。

高瀬《たかせ》の下勝間《しもかつま》から上勝間《かみかつま》を過《す》ぎ、上高瀬《かみたかせ》に入《はい》ると、いよいよ上《のぼ》り坂《さか》に差《さ》しかかった

これまでの「ドロン、ドロン・・・」という軽快《けいかい》なエンジン音《おん》から、「ドッドッ

ドッ・・・」という人間《にんげん》で言《い》えば喘《あえ》ぐような音《おと》に変《か》わった。それにスピードが格段《かくだん》と落《お》ちた。

「頼《たの》むど！　登《のぼ》ってくれよ」

「せんちゃん」は、我《わ》が子《こ》を諭《さと》すように言《い》った。私《わたし》も声《こえ》を出《だ》して車《くるま》のドアを叩《たた》いた。

「がんばれ！　がんばれ！　がんばれ！」

「せんちゃん」は、アクセルを一杯《いっぱい》に踏《ふ》み込《こ》んでいる。それでもスピードは上《あ》がらない。上《あ》がるのはエンジン音《おん》ばかりだ。とは言《い》っても、今《いま》と違《ちが》って道《みち》はとても細《ほそ》く、前《まえ》から何《なに》か来《き》たらすれ違《ちが》いはできない。もしも、車《くるま》が停《と》まってしまうと、この坂道《さかみち》では動《うご》き出《だ》すことはままならないだろう。「せんちゃん」もそのことは分《わ》かっているので、スピードを出《だ》すこともできない。

「せんちゃん」の時計《とけい》の針《はり》は、九時半《くじはん》を過《す》ぎていた。ここまで四時間《よんじかん》もかかっている。「せんちゃん」も時間《じかん》のことが気《き》になっているみたいで、時々《ときどき》チラッと時計《とけい》を見《み》る。

左手《ひだりて》に大《おお》きな山《やま》が迫《せま》ってきた。

「『てー』よ。あれが我拝師山《がはいしさん》と言《い》っての、あの山《やま》が見《み》えて来《く》ると、大日《だいにち》じゃ。もう少《すこ》しじゃけんの」

私《わたし》はこれまでとても元気《げんき》だったのに、坂道《さかみち》にかかると激《はげ》しい揺《ゆ》れで吐《は》き気《け》をもよおしてきた。いわゆる車酔《くるまよ》いだ。これまで助手席《じょしゅせき》の取《と》っ手《て》に必死《ひっし》でしがみついていたが、顔《かお》が下向《したむ》きになり、それがかえって吐《は》き気《け》を助長《じょちょう》しているみたい。

車《くるま》を停《と》めて地面《じめん》に吐《は》くこともできるけど、登《のぼ》り道《みち》で一度《いちど》停《と》まってしまうと大変《たいへん》。動《うご》かなくなる。そこで私《わたし》は左《ひだり》のドアに付《つ》いている取《と》っ手《て》を回《まわ》して窓《まど》を開《あ》けた。そして、危険《きけん》を承知《しょうち》で顔《かお》を外《そと》に出《だ》し、「ゲー」と吐《は》いた。

危険《きけん》を察《さっ》した「せんちゃん」がハンドルを右《みぎ》に切《き》った。右手《みぎて》に崖《がけ》が迫《せま》ってきた。

「ガリガリガリ・・・」

変《へん》な音《おと》と共《とも》に衝撃《しょうげき》を感《かん》じた。

「あっ、やってしもたがい。それより『てー』大丈夫《だいじょうぶ》か？　車《くるま》に酔《よ》ったんか？」

私《わたし》が急《きゅう》に頭《あたま》を窓《まど》から出《だ》したので、危険《きけん》を感《かん》じた「せんちゃん」は、ハンドルを右《みぎ》に切った。しかし、少《すこ》し切《き》り過《す》ぎて、車体《しゃたい》の右側面《みぎそくめん》を擦《す》ってしまった。
「車《くるま》の中《なか》に吐《は》いてもええけん、絶対《ぜったい》に顔《かお》を出《だ》すな！　危《あぶ》ないんど！」
私《わたし》は、吐《は》き気《け》と恐怖《きょうふ》で次第《しだい》に震《ふる》えてきた。
こんな怖《こわ》い経験《けいけん》をしたのは初《はじ》めてだ。
泣《な》き顔《がお》になってきた。
でもこんなのは序《じょ》の口《くち》であった。
本当《ほんとう》の怖《こわ》さはこれから経験《けいけん》することになる。

やっと大日峠《だいにちとうげ》が見《み》えてきた。
（峠《とうげ》を越《こ》えると善通寺《ぜんつうじ》・・・）
（いよいよ父《とお》さんに会《あ》える）
私《わたし》の心《こころ》も次第《しだい》に落《お》ち着《つ》いてきた。
「せんちゃん」が再《ふたた》び時計《とけい》を見《み》る。
「今《いま》、何時《なんじ》？」

「十時《じゅうじ》じゃ。でも大日《だいにち》を越《こ》えると善通寺《ぜんつうじ》じゃ。越《こ》えたら下《くだ》りになるけん、速《はや》くなるぞ、すぐに着《つ》くけんの」

ついに大日峠《だいにちとうげ》を越《こ》えた。

右手《みぎて》に金比羅《こんぴら》さんがある象頭山《ぞうずさん》、正面《しょうめん》に飯野山《いいのやま》（讃岐富士《さぬきふじ》）が見《み》えた。

いよいよ西讃《せいさん》の地《ち》から中讃《ちゅうさん》に入《はい》った。

「『てー』よ、善通寺《ぜんつうじ》に入《はい》ったぞ。もうちょっとで父《とお》さんに会《あ》えるんど」

「せんちゃん」にしても、久《ひさ》しぶりに弟《おとうと》に会《あ》えるのか、心《こころ》なしか嬉《うれ》しそうだった。

「もうちょっと下《くだ》ったら善通寺《ぜんつうじ》さんの五重塔《ごじゅうのとう》が見《み》えるけんの。あのねき（近《ちか》く）に父《とお》さんがおるんど」

「やった！　やっと父《とお》さんに会《あ》える・・・」

「そうじゃ。もうちょっとで父《とお》さんに会《あ》えるけんの。でも道《みち》が、くねくねしとるけん、取《と》っ手《て》にしっかりとつかまっとれよ。こなに遠《とお》くまで来《き》たんは初《はじ》めてやろう。大丈夫《だいじょうぶ》か？」

「大丈夫《だいじょうぶ》、大丈夫《だいじょうぶ》。ウチ、父《とお》さんと一緒《いっしょ》にこの牡丹餅《ぼたもち》を食《た》べるの楽《たの》しみにしとんや」

「『てー』は優《やさ》しい子《こ》やの」

私《わたし》は牡丹餅《ぼたもち》が車《くるま》の床《ゆか》に落《お》ちないように、牡丹餅《ぼたもち》が入《はい》っている袋《ふくろ》を自分《じぶん》の方《ほう》へ引《ひ》き寄《よ》せた。

「ドロン、ドロン、ドロン・・・」

エンジン音《おん》がいつもの軽快音《けいかいおん》に変《か》わった。

車《くるま》は地球《ちきゅう》の重力《じゅうりょく》に逆《さか》らうことなく、下《くだ》りになるとスピードを確実《かくじつ》に上《あ》げた。しかし、道幅《みちはば》は細《ほそ》く、くねった道《みち》。

「ザッザー」

時折《ときおり》、笹《ささ》や木々《きぎ》が車体《しゃたい》を擦《こす》る。

そのような中《なか》でも、「せんちゃん」のハンドルさばきは見事《みごと》だった。右《みぎ》に左《ひだり》に鮮《あざ》やかにハンドルを切《き》った。対向車《たいこうしゃ》も来《こ》ない。

車《くるま》は着実《ちゃくじつ》に善通寺《ぜんつうじ》に近《ちか》づいていた。

「走《はし》れ！　走《はし》れ！」

このままだと、十時過《じゅうじす》ぎには善通寺《ぜんつうじ》に到着《とうちゃく》することができる。そして父《ちち》に面会《めんかい》でき、この牡丹餅《ぼたもち》を父《ちち》と一緒《いっしょ》に食《た》べることができる。
「せんちゃん」もきっとそう思《おも》ったに違《ちが》いない。

その時《とき》だった。
一羽《いちわ》の鶏《にわとり》が私《わたし》たちの運命《うんめい》を変《か》えた。
突然《とつぜん》、一羽《いちわ》の鶏《にわとり》が右手《みぎて》から飛《と》び出《だ》してきた。
しかし、道幅《みちはば》が狭《せま》いので避《さ》けようにも避《さ》けることができない。
「せんちゃん」は急《きゅう》ブレーキをかけた。
でも、荷《に》の積《つ》み過《す》ぎで車《くるま》が停《と》まらない。
「キー、キー」
刹那《せつな》！
「ギャー！　グゥエー！」
三輪《さんりん》の前《まえ》タイヤが鶏《にわとり》を確実《かくじつ》にはね飛《と》ばした。
数枚《すうまい》の鶏《にわとり》の羽《はね》が宙《ちゅう》を舞《ま》った。

急停車《きゅうていしゃ》したので、私《わたし》はダッシュボードに強《つよ》く頭《あたま》をぶちつけた。

「『てー』、大丈夫《だいじょうぶ》か？」

「『せんちゃん』、大丈夫《だいじょうぶ》、大丈夫《だいじょうぶ》！　それより早《はよ》、行《い》こう！」

「せんちゃん」が、そのまま見過《みす》ごして、車《くるま》を走《はし》らせていれば事《こと》は大《おお》きくならなかったのかもしれない。しかし、心優《こころやさ》しい「せんちゃん」は、わざわざ車《くるま》から降《お》りてすでに成仏《じょうぶつ》している鶏《にわとり》に手《て》を合《あ》わせようとした。

その時《とき》だった。右手《みぎて》の細《ほそ》い路地《ろじ》から、初老《しょろう》の男《おとこ》が血相《けっそう》を変《か》えて走《はし》って来《き》たのは。

「おい、お前《まえ》ら、何《なに》してくれたんど。よくぞまぁ、俺《おれ》んとこの大事《だいじ》な鶏《にわとり》をひき殺《ころ》してくれたわの。どうしてくれるんど！」

この人《ひと》の剣幕《けんまく》は普通《ふつう》の状態《じょうたい》ではなかった。常軌《じょうき》を逸《いっ》していた。飛《と》び出《だ》して来《き》たのは鶏《にわとり》の方《ほう》である。絶対《ぜったい》に避《さ》けようにも避《さ》けることができない。

「せんちゃん」も黙《だま》ってはいなかった。

「ほんじゃけんどの、飛《と》び出《だ》して来《き》たんは、鶏《にわとり》の方《ほう》じゃが、絶対《ぜったい》に避《さ》けることや無理《むり》じゃ」

もうこうなれば、売《う》り言葉《ことば》に買《か》い言葉《ことば》である。

「お前《まえ》が、こなな細《ほそ》い道《みち》をあなに速《は》よう走《はし》るきんいかんのじゃ」

「あのな、この子《こ》の父《とお》さんは軍人《ぐんじん》さんでの、十一時《じゅういちじ》までに善通寺《ぜんつうじ》へ行《い》かんと、面会《めんかい》させてもえらんのじゃ。ほんで、急《いそ》いどんじゃが」

「そなん、知《し》らんがい。この子《こ》の父親《ちちおや》がどうなろうが、わしにゃ知《し》ったことではないがい」

「『そなん、知《し》らんがい』とはどういうことど。何《なに》をうれしげ（偉《えら》そう）にいよんど」

「お前《まえ》の、この鶏《にわとり》は毎日《まいにち》、卵《たまご》産《う》んどるんじゃ。卵一個《たまごいっこ》なんぼするんか知《し》っとるやろう。さぁ、なんぼで手打《てう》つんど」

卵一個《たまごいっこ》が二円《にえん》。現在《げんざい》の価格《かかく》にして、卵一個《たまごいっこ》が一万円《いちまんえん》から二万円《にまんえん》という、信《しん》じられないような値段《ねだん》であった。金《きん》の卵《たまご》を産《う》むような鶏《にわとり》は、超貴重《ちょうきちょう》な生《い》き物《もの》であった。その鶏《にわとり》をはねてしまったのだから、この人《ひと》の怒《いか》りも分《わ》からないでもなかった。

私《わたし》は、「せんちゃん」の後《うし》ろに隠《かく》れて震《ふる》えていた。

ふと、助手席《じょしゅせき》を見《み》るとドアが開《あ》いている。

（あれ？　なんでやろう・・・）

「せんちゃん」と一緒《いっしょ》にドアを開《あ》けて飛《と》び出《だ》して鶏《にわとり》の方《ほう》へ走《はし》ろうとした時《とき》、私《わたし》は確《たし》かにドアを「ガチャン」と閉《し》めた。このことは確実《かくじつ》に覚《おぼ》えていた。なぜなら私《わたし》が座《すわ》っていた助手席《じょしゅせき》に大切《たいせつ》な牡丹餅《ぼたもち》を置《お》いていたから。

悪《わる》い予感《よかん》がした。

車《くるま》の所《ところ》へ戻《もど》り、運転台《うんてんだい》の中《なか》を見上《みあ》げると、人《ひと》の気配《けはい》がした。

「誰《だれ》な？　何《なん》しょんな！」

私《わたし》は叫《さけ》んだ。

すると、車《くるま》の中《なか》に浮浪児《ふろうじ》のような髪《かみ》の毛《け》がぼうぼうと伸《の》びている男《おとこ》の子《こ》が見《み》えた。年齢《ねんれい》は私《わたし》と同《おな》じくらい。

そして、竹皮《たけかわ》の包《つつ》みを開《あ》け、その包《つつ》みを自分《じぶん》の体《からだ》で隠《かく》すようにして、中《なか》に入《はい》っている牡丹餅《ぼたもち》を手《て》でつかみ、「むしゃむしゃ」と食《た》べていた。

「おい！　食《く》うな！　それは父《とお》さんのじゃ」

私《わたし》ははらわたが煮《に》えくり返《かえ》り、必死《ひっし》で運転台《うんてんだい》に登《のぼ》ろうとした。しかし、運転台《うんてんだい》は高《たか》く、しかも足《あし》が滑《すべ》ってなかなか登《のぼ》ることができない。やっとの思《おも》いで登《のぼ》り、竹皮《たけかわ》の包《つつ》みを取《と》り返《かえ》そうとした時《とき》、すでに中身《なかみ》は一個《いっこ》しかなかった。

「食《く》うな!」

私《わたし》が最後《さいご》の一個《いっこ》を取《と》り上《あ》げようと手《て》を伸《の》ばした時《とき》、男《おとこ》の子《こ》は最後《さいご》の一個《いっこ》の牡丹餅《ぼたもち》をさっと握《にぎ》り、運転席《うんてんせき》の方《ほう》から軽々《かるがる》と飛《と》び降《お》りた。

そして、走《はし》りざまに残《のこ》りの一個《いっこ》を口《くち》の中《なか》に放《ほお》り入《い》れて、路地《ろじ》の中《なか》に逃《に》げて行《い》った。

私《わたし》は時間《じかん》のことも心配《しんぱい》だったけど、父《ちち》のためにせっかく作《つく》ってきた牡丹餅《ぼたもち》を、まったく見知《みし》らぬ子《こ》どもに食《た》べられてしまった方《ほう》が悔《くや》しかった。

(くそー、やられた・・・)

私《わたし》は大泣《おおな》きをしながら事情《じじょう》を「せんちゃん」に話《はな》した。すると、初老《しょろう》の男《おとこ》も事《こと》の事態《じたい》が分《わ》かったみたいで、「あれはわしの孫《まご》じゃ」と言《い》い出《だ》した。

「せんちゃん」が事情《じじょう》を尋《たず》ねると、私《わたし》より一歳年下《いっさいとしした》。母親《ははおや》はあの子《こ》を産《う》んだ後《あと》、産後《さんご》の肥立《ひだ》ちが悪《わる》く亡《な》くなった。そして、父親《ちちおや》は徴兵《ちょうへい》で遠《とお》き戦場《せんじょう》へ出征《しゅっせい》しているらしい。祖父《そふ》一人《ひとり》があの子《こ》を育《そだ》てているのだが、見《み》ての通《とお》りの貧困家庭《ひんこんかてい》。

「鶏《にわとり》は亡《な》くなったが、牡丹餅《ぼたもち》を食《た》べることができた。孫《まご》はここ数年《すうねん》なかったようなご馳走《ちそう》にありつけた」

初老《しょろう》の男《おとこ》の怒《いか》りは次第《しだい》に落《お》ち着《つ》いてきたようだ。

しかし、そのようなことは戦後《せんご》になって私《わたし》が知《し》ったこと。あの時《とき》の私《わたし》の頭《あたま》の中《なか》は、大切《たいせつ》な牡丹餅《ぼたもち》をあの悪餓鬼《わるがき》に食《た》べられたことで、頭《あたま》の中《なか》はまっ白《しろ》になっていた。そして、悔《くや》しさと辛《つら》さと憤《いきどお》りが私《わたし》の脳裏《のうり》をぐるぐると回《まわ》っていた。

「せんちゃん」も、私《わたし》の事情《じじょう》をその子《こ》の爺《じい》に話《はな》した。

十一時《じゅういちじ》に外地《がいち》へ出征《しゅっせい》する父《ちち》の面会《めんかい》に行《い》っている。そして、あの牡丹餅《ぼたもち》は父《ちち》の大好物《だいこうぶつ》で、ぜひとも食《た》べて貰《もら》おうとわざわざ作《つく》ってきた物《もの》であるということを。

「ほんだら、また、お金《かね》ができたらいつでも来《こ》いや。それより早《はや》よ、父親《ちちおや》の面会《めんかい》に行《い》ってやれや！」

と許《ゆる》してくれた。

戦後数年《せんごすうねん》が過《す》ぎて、「せんちゃん」は律儀《りちぎ》にも鶏《にわとり》の償《つぐな》いに行《い》ったそうである。あの時《とき》の子《こ》どもはすでに小学生四年生《しょうがくせいよねんせい》になっていた。しかし、戦後《せんご》の混乱《こんらん》で、食糧《しょくりょう》事情《じじょう》はさらに悪化《あっか》。ガリガリに痩《や》せていたらしい。そして、我拝師山《がはしさん》や讃岐富士《さぬきふじ》を見《み》ては「おにぎり山《やま》」と呼《よ》んで友《とも》だちと遊《あそ》んでいたそうだ。

それと、父親《ちちおや》は戦場《せんじょう》から帰《かえ》らぬ身《み》となっていた。祖父《そふ》が元気《げんき》なうちはいいけれど、祖父《そふ》がこの世《よ》を去《さ》った後《あと》はどうなるのだろうか。

恐《おそ》らくあの男《おとこ》の子《こ》は、戦争孤児《せんそうこじ》という残酷《ざんこく》な現実《げんじつ》と向《む》き合《あ》うことになるのだろう。

どうか強《つよ》く、生《い》き抜《ぬ》いて欲《ほ》しい。

その後《ご》の男《おとこ》の子《こ》のことは誰《だれ》も知《し》らない。

戦争《せんそう》がすべての運命《うんめい》を変《か》えたと言《い》っても過言《かごん》ではないだろう。

今考《いまかんが》えると、あの子《こ》に罪《つみ》はなかった。

大日峠《だいにちとうげ》ですごく長《なが》い時間《じかん》を費《つい》やしてしまった。「せんちゃん」の時計《とけい》を見《み》ると、時計《とけい》の針《はり》はすでに十一時《じゅういちじ》を回《まわ》っていた。

急《いそ》がなければならない。

父《ちち》が首《くび》を長《なが》くして待《ま》っている。

でもまた事故《じこ》に遭《あ》えば確実《かくじつ》に遅《おく》れてしまう。速度《そくど》は上《あ》げたいが、上《あ》げられない。

どうすればいいのか。

「神様《かみさま》、仏様《ほとけさま》。どうか助《たす》けてください」

私《わたし》は、助手席《じょしゅせき》に座《すわ》って手《て》を合《あ》わして祈《いの》り続《つづ》けた。

十一時半《じゅういちじはん》。善通寺《ぜんつうじ》にある大日本帝国陸軍第十一師団工兵第十一大隊正門前《だいにっぽんていこくりくぐんだいじゅういちしだんこうへいだいじゅういちだいたいせいもんまえ》にやっと到着《とうちゃく》。

「せんちゃん」はトラックから飛《と》び降《お》り、正門横《せいもんよこ》の門衛《もんえい》に走《はし》り寄《よ》った。すると、中《なか》から数名《すうめい》の兵士《へいし》が小銃《しょうじゅう》を持《も》って飛《と》び出《だ》してきた。私《わたし》も父《ちち》に一秒《いちびょう》でも早《はや》く会《あ》いたいと思《おも》い、「せんちゃん」の後《あと》を追《お》って走《はし》った。

小銃《しょうじゅう》を抱《かか》えた兵士数名《へいしすうめい》が「せんちゃん」を取《と》り囲《かこ》んだ。「せんちゃん」は何《なに》も悪《わる》いことをしていないのに、小銃《しょうじゅう》を突《つ》きつけられ、尋問《じんもん》されるような言《い》い方《かた》をされた。

「おい、貴様《きさま》、何《なん》の用《よう》だ！」

「この子《こ》の父親《ちちおや》の面会《めんかい》に来《き》た。事情《じじょう》があって遅《おく》れてしまった。せっかくここまで来《き》たのだから、どうか父親《ちちおや》に会《あ》わしてやって欲《ほ》しい」と願《ねが》い出《で》た。

しかし、何回《なんかい》お願《ねが》いしても、一向《いっこう》に聞《き》き入《い》れてくれない。

「ダメだ。面会《めんかい》の時間《じかん》はすでに過《す》ぎている。会《あ》うことはできない。早《はや》くここから帰《かえ》れ！」

この一点張《いってんば》りである。

私《わたし》は、「せんちゃん」が、「軍《ぐん》の命令《めいれい》は絶対《ぜったい》である」と言《い》った言葉《ことば》を思《おも》い出《だ》した。

この世《よ》には、神《かみ》も仏《ほとけ》もいないのではないか。

私《わたし》は、その場《ば》に座《すわ》り込《こ》み大泣《おおな》きした。

その時《とき》である。一人《ひとり》の将校《しょうこう》がコツコツという靴音《くつおと》を立《た》てて歩《ある》いてきた。

軍刀《ぐんとう》を手《て》にしている。

「せんちゃん」を取《と》り囲《かこ》んでいる兵隊《へいたい》たちが、一斉《いっせい》に直立不動《ちょくりつふどう》の隊形《たいけい》をとり、両手《りょうて》で小銃《しょうじゅう》を体《からだ》の中央前《ちゅうおうまえ》に垂直《すいちょく》に捧《ささ》げ持《も》ち、将校《しょうこう》を直視《ちょくし》した。いわゆる捧《ささ》げ銃《じゅう》の体勢《たいせい》を取《と》った。

「何事《なにごと》か？」

将校《しょうこう》が静《しず》かに尋《たず》ねた。

「ハッ！」

兵士《へいし》の一人《ひとり》が敬礼《けいれい》する。

「参謀長殿《さんぼうちょうどの》。この者《もの》たちは、本日出兵《ほんじつしゅっぺい》する兵士《へいし》の面会《めんかい》に来《き》たのですが、すでに面会《めんかい》時間《じかん》が過《す》ぎております」

「それで？」

「もう面会《めんかい》はできないと追《お》い返《かえ》しているところです」

「追《お》い返《かえ》す？　貴様《きさま》！　それでも帝国陸軍《ていこくりくぐん》の軍人《ぐんじん》か？　家族《かぞく》があっての軍人《ぐんじん》ではないか。軍人《ぐんじん》たる者《もの》、言葉《ことば》を慎《つつし》み給《たま》え！」

将校《しょうこう》が兵士《へいし》に怒鳴《どな》った。

「ハッ！　すみません」

兵士《へいし》の顔《かお》が突然硬直《とつぜんこうちょく》し、将校《しょうこう》に最敬礼《さいけいれい》した。

「でも時間《じかん》は守《まも》らなければいけない」

と言《い》いながら、泣《な》いている私《わたし》の方《ほう》に顔《かお》を向《む》けた。

「おい、そこの娘《むすめ》、いつまでもメソメソと泣《な》くな。面会《めんかい》したい方《かた》は、お前《まえ》の何《なに》になる人《ひと》じゃ？」

「せんちゃん」が私《わたし》に代《か》わって、父《ちち》の名前《なまえ》と所属《しょぞく》している部隊名《ぶたいめい》、そして、遅《おく》れて来《き》た事情《じじょう》を将校《しょうこう》に話《はな》してくれた。すると思《おも》いも寄《よ》らない返答《へんとう》があった。

「ヒトサン、マルマル・・・」と言《い》いかけて、「すまんすまん、軍隊用語《ぐんたいようご》を使《つか》ってもわからんはな。本日午後一時《ほんじつごごいちじ》、この門《もん》をその部隊《ぶたい》が出征《しゅっせい》していく。この道路《どうろ》の向《む》こう側《がわ》でいれば、お前《まえ》のお父様《とおさま》を必《かなら》ず見《み》ることができる」

そして、将校《しょうこう》はしゃがみ込《こ》み、私《わたし》の両肩《りょうかた》に軽《かる》く手《て》をかけた。

「えっ、ほんとに？」

私《わたし》は、嬉《うれ》しくなって気軽《きがる》に話《はな》しかけた。

「これ、『てー』よ。この方《ほう》は将校様《しょうこうさま》じゃ。位《くらい》の高《たか》いお方《かた》じゃぞ」

「いやいや、そんなことはないぞ・・・」

将校《しょうこう》は手《て》を横《よこ》に振《ふ》りながらも、私《わたし》の目《め》をじっと見《み》つめた。そして、「大丈夫《だいじょうぶ》じゃ」

と私《わたし》の頭《あたま》を撫《な》でた。

「ありがとうございます」

「せんちゃん」は、将校《しょうこう》に両手《りょうて》を合《あ》わして丁寧《ていねい》にお礼《れい》を言《い》った。

「『てー』よ、良《よ》かったの。本当《ほんとう》に父《とお》さんに会《あ》えるぞ」

私《わたし》も嬉《うれ》しくなり将校《しょうこう》に何度《なんど》も頭《あたま》を下《さ》げた。

ところが、将校《しょうこう》から、次《つぎ》のことを必《かなら》ず守《まも》るように強《つよ》く言《い》われた。

「見《み》るのはいいが、『父《とお》さん！』と呼《よ》びかけたり、お父様《とおさま》に手《て》を振《ふ》ったりしては絶対《ぜったい》にいけない」

私《わたし》は「何《なん》で？」という顔《かお》で将校《しょうこう》を見上《みあ》げると、「お国《くに》のために、遠《とお》き外地《がいち》へ出征《しゅっせい》する兵隊《へいたい》が動揺《どうよう》してはいけないからじゃ。分《わ》かったか？」と念《ねん》を押《お》された。

さらに、「お前《まえ》は何年生《なんねんせい》じゃ？」と聞《き》かれた。

「一年生《いちねんせい》！」

私《わたし》は大声《おおごえ》で答《こた》えた。

「うーん、なかなかしっかりしている子《こ》じゃ。父《とお》さんはお国《くに》のためにがんばっておられる。お前《まえ》も体《からだ》に気《き》をつけてがんばるんじゃぞ」

私《わたし》に優《やさ》しく声《こえ》をかけてくださった。

「はい！」

私《わたし》にはこの方《かた》が校長先生《こうちょうせんせい》のように見《み》えてきた。軍帽《ぐんぼう》を深《ふか》くかぶって一見怖《いっけんこわ》そうだけど、本当《ほんとう》は心優《こころやさ》しい人《ひと》なのだろう。

「お父様《とおさま》に何《なに》かお渡《わた》しするものがあれば、私《わたし》が必《かなら》ずお渡《わた》しする。何《なん》でも遠慮《えんりょ》せず言《い》いなさい」

「・・・」

私《わたし》は言葉《ことば》に詰《つ》まった。

あの時《とき》の牡丹餅《ぼたもち》があれば、渡《わた》してもらえるのだが、すでに牡丹餅《ぼたもち》はない。

「・・・ありません」

「よろしい!」

将校《しょうこう》は私《わたし》のような子《こ》どもにまで一礼《いちれい》し、その場《ば》から去《さ》って行《い》った。

再《ふた》び、兵士《へいし》たちが将校《しょうこう》に向《む》かい一斉《いっせい》に捧《ささ》げ銃《じゅう》の姿勢《しせい》を取《と》った。

「せんちゃん」と道路《どうろ》の向《む》こう側《がわ》で待《ま》つこと約一時間《やくいちじかん》。すでに五百名近《ごひゃくめいちか》い兵士《へいし》が第十一師団正門付近《だいじゅういちしだんせいもんふきん》に整列《せいれつ》している。正門《せいもん》からずっと奥《おく》に位置《いち》している兵舎《へいしゃ》の扉《とびら》がゆっくりと開《ひら》いた。そして、多《おお》くの兵士《へいし》が兵舎《へいしゃ》から出《で》てきて、庭《にわ》の前《まえ》に整列《せいれつ》した。

百名《ひゃくめい》ぐらいの兵士《へいし》が隊列《たいれつ》を組《く》む。

全員《ぜんいん》、重《おも》そうな背嚢《はいのう》を背負《せお》い、右手《みぎて》で小銃《しょうじゅう》の銃床《じゅうしょう》を握《にぎ》り、銃身《じゅうしん》を右肩《みぎかた》にかけている。

「全体《ぜんたい》、進《すす》め!」

先頭《せんとう》にいる一人《ひとり》の兵士《へいし》の号令《ごうれい》のもと、隊列《たいれつ》が進《すす》む。

「総員《そういん》、敬礼《けいれい》!」

両側《りょうがわ》に立《た》っている上官《じょうかん》が号令《ごうれい》。

兵士全員《へいしぜんいん》が直立不動《ちょくりつふどう》で敬礼《けいれい》。

ついに、隊列《たいれつ》が門《もん》を出《で》た。

私《わたし》と「せんちゃん」は父《ちち》の姿《すがた》を探《さが》すのに必死《ひっし》であった。隊列《たいれつ》は幅《はば》が五列《ごれつ》、長《なが》さが二十人《にじゅうにん》ぐらいの列《れつ》をなしている。

父《ちち》の位置《いち》が、私《わたし》が立《た》っている側《がわ》ならすぐ分《わ》かるだろう。しかし、中《なか》の方《ほう》とか向《む》こう側《がわ》なら、分《わ》からないかもしれない。

「父《とお》さん！」と大声《おおごえ》で呼《よ》び、手《て》を振《ふ》れば、父《ちち》なら返事《へんじ》をしてくれるかもしれない。でもそれは絶対《ぜったい》に許《ゆる》されない。このことは、将校《しょうこう》からきつく言《い》われている。いくら子《こ》どもでも、軍人《ぐんじん》の命令《めいれい》に反《はん》すると連行《れんこう》されるかもしれない。私《わたし》が連行《れんこう》されなくて

も、代《か》わりに「せんちゃん」が連《つ》れていかれるかも。そうなると、大野原《おおのはら》に帰《かえ》ることができない。

私《わたし》の目《め》で、必死《ひっし》に父《ちち》の姿《すがた》を探《さが》す以外《いがい》、なすすべはなかった。

頼《たよ》れる者《もの》は自分《じぶん》しかいない。

隣《となり》の「せんちゃん」に話《はな》しかけることもできなかった。そういう物見遊山《ものみゆさん》で隊列《たいれつ》を見《み》て回《まわ》るような雰囲気《ふんいき》ではなかった。

外地《がいち》の最前線《さいぜんせん》へ送《おく》られる兵士《へいし》たちの顔《かお》は、全員緊張《ぜんいんきんちょう》のあまり硬直《こうちょく》していた。

ガラスのような張《は》りつめた空気《くうき》が流《なが》れた。

私《わたし》は必死《ひっし》で父《ちち》の顔《かお》を追《お》った。

みんな同《おな》じ顔《かお》に見《み》えた。

白黒《しろくろ》の活動写真《かつどうしゃしん》を見《み》ているようであった。

しかし、いくら探《さが》しても父《ちち》はいない。

（父《とお》さんがいない、父《とお》さんがいない・・・）

（本当《ほんとう》に父《とお》さんがいない・・・）

私《わたし》も「せんちゃん」も焦《あせ》ってきた。

百人《ひゃくにん》あまりの兵隊《へいたい》たちが、私《わたし》たちの前《まえ》を通《とお》り過《す》ぎた。

(あの時《とき》、将校《しょうこう》さんは、「この道路《どうろ》の向《む》こう側《がわ》でいれば、お前《まえ》の父《とお》さんを必《かなら》ず見《み》ることができる」と言《い》っていたのに・・・)

もしかすると、今日《きょう》、外地《がいち》へ出征《しゅっせい》する部隊《ぶたい》は、父《ちち》が所属《しょぞく》する部隊《ぶたい》とは違《ちが》うのではないか。

それとも父《ちち》は別《べつ》の部隊《ぶたい》に移《うつ》り、すでに出征《しゅっせい》して行《い》ったのではないだろうか。

一抹《いちまつ》の不安《ふあん》が私《わたし》の脳裏《のうり》をよぎった。

一陣《いちじん》の風《かぜ》が吹《ふ》き、風《かぜ》が去《さ》った。

百人《ひゃくにん》の隊列《たいれつ》が通《とお》り過《す》ぎた。


(これですべてが終《お》わった・・・)

私《わたし》は肩《かた》を落《お》としてその場《ば》にしゃがみ込《こ》もうしとした時《とき》のことであった。

信《しん》じられないことが起《お》きた。

隊列《たいれつ》から遅《おく》れること約二十《やくにじゅう》メートル。

たった一人《ひとり》の兵士《へいし》が胸《むね》を張《は》って行進《こうしん》してきた。

(誰《だれ》だろう・・・?)

不思議《ふしぎ》な気持《きも》ちになり兵士《へいし》を見《み》た。そのとたん、私《わたし》の目《め》は兵士《へいし》に釘付《くぎづ》けになった。

(あっ・・・父《とお》さんだ、父《とお》さんが・・・)

隊列《たいれつ》から外《はず》れ、父《ちち》はたった一人《ひとり》で行進《こうしん》して来《き》た。

父《ちち》の歩《ある》き方《かた》には特徴《とくちょう》がある。

足《あし》の挙《あ》げ方《かた》、手《て》の振《に》り方《かた》、その手足《てあし》の力強《ちからづよ》さは、まさに豊浜駅《とよはまえき》で見《み》た蒸気機関車《じょうききかんしゃ》そのものであった。

(父《とお》さん!)

(牡丹餅《ぼたもち》をあげられなくてごめんなさい!)

(絶対《ぜったい》に、私《わたし》の所《ところ》へ戻《もど》って来《き》て!)

私《わたし》は心《こころ》の中《なか》で必死《ひっし》に叫《さけ》んだ。

その時《とき》であった。

きりっと前《まえ》を見《み》つめていた父《ちち》の瞳《ひとみ》がほんの少《すこ》しだけ動《うご》いた。

父《ちち》は私《わたし》を見《み》た。

私《わたし》も父《ちち》を見《み》た。

一瞬《いっしゅん》、私《わたし》と目《め》があった。

すべてはそれだけであった。

後《あと》はゼンマイ仕掛《じか》けの人形《にんぎょう》のように、私《わたし》から静《しず》かに去《さ》って行《い》った。

私《わたし》から遠《とお》のいて行《い》く父《ちち》の後《うし》ろ姿《すがた》は、すでに私《わたし》の父《ちち》ではなかった。


父《ちち》が去《さ》った後《あと》、先《さき》ほどの将校《しょうこう》が私《わたし》の前《まえ》を通《とお》り過《す》ぎた。

私《わたし》を見《み》て、軽《かる》くうなづいた。

後《あと》で分《わ》かったことだが、あの時《とき》の将校《しょうこう》は、善通寺第十一師団参謀長《ぜんつうじだいじゅういちしだんさんぼうちょう》、岡田元治《おかだもとはる》陸軍大佐《りくぐんたいさ》であった。

四　五重大塔《ごじゅうだいとう》

父《ちち》は南方《なんぽう》の戦線《せんせん》に送《おく》られたそうだ。

時々《ときどき》、父《ちち》から「検閲済《けんえつず》み」の赤《あか》い印《いん》が押《お》されている「軍事郵便《ぐんじゆうびん》」が届《とど》いた。手紙《てがみ》が届《とど》くということは、父《ちち》は生《い》きているという生存証明《せいぞんしょうめい》にもなった。

「お前《まえ》たちは、元気《げんき》に暮《く》らしているか」と私《わたし》たちのことを案《あん》じた内容《ないよう》であったが、今考《いまかんが》えると、父《ちち》が伝《つた》えたかったのは「私《わたし》は元気《げんき》に生《い》きている」ということではないだろうか。

一九四四年《ねん》（昭和《しょうわ》十九年《ねん》）十一月《がつ》

私《わたし》に二人目《ふたりめ》の弟《おとうと》ができた。

母《はは》は、そのことを父《ちち》に知《し》らせるために手紙《てがみ》を出《だ》したが、父《ちち》から返事《へんじ》は来《こ》なかった。

私《わたし》たちは毎日《まいにち》、不安《ふあん》に駆《か》られるようになったが、当《あ》たらなくてよい予感《よかん》は当《あ》たった。

一九四五年《ねん》（昭和《しょうわ》二十年《ねん》）四月二十日《がつはつか》（金《きん》）
役場《やくば》から一通《いっつう》の通知《つうち》が来《き》た。
母《はは》はそれを握《にぎ》り、慌《あわ》てて母屋《おもや》へ。
一片《いっぺん》の紙切《かみき》れ。それが父《ちち》の戦死《せんし》を知《し》らせる「死亡告知書《しぼうこくちしょ》（戦死公報《せんしこうほう》）」であった。

一九四五年《ねん》（昭和二十年《しょうわにじゅうねん》）七月《しちがつ》
父《ちち》が戦地《せんち》から帰《かえ》ってくる。家族《かぞく》みんなで父《ちち》を豊浜駅《とよはまえき》まで迎《むか》えに行《い》った。父《ちち》は白《しろ》い布《ぬの》に覆《おお》われた小《ちい》さい桐《きり》の箱《はこ》に入《はい》っていた。
私《わたし》たちは母屋《おもや》の仏壇《ぶつだん》の前《まえ》で手《て》を合《あ》わし、母《はは》は遺骨箱《いこつばこ》を恐《おそ》る恐《おそ》る開《あ》けた。私《わたし》たちは、てっきり父《ちち》の遺骨《いこつ》が入《はい》っていると思《おも》った。しかし、中《なか》に入《はい》っていたのは、どこにでも転《ころ》がっているような黒《くろ》い石《いし》ころが一個《いっこ》だけであった。

（これは父《とお》さんの遺骨《いこつ》ではない。父《とお》さんは死《し》んではいない。何《なに》かの間違《まちが》いや。父《とお》さんは生《い》きてきっと帰《かえ》ってくる・・・）

私《わたし》は母屋《おもや》を飛《と》び出《だ》し、自宅《じたく》の納屋《なや》の中《なか》で泣《な》いた。

（なぜ遺骨箱《いこつばこ》には黒《くろ》い石《いし》ころが一個《いっこ》？）

出征《しゅっせい》する父《ちち》を見送《みおく》ったのが豊浜駅《とよはまえき》。

戦線《せんせん》から一時帰国《いちじきこく》する父《ちち》を迎《むか》えに行《い》ったのも豊浜駅《ととよはまえき》。

無言《むごん》で帰《かえ》って来《き》た父《ちち》を迎《むか》えに行《い》ったのも豊浜駅《とよはまえき》。

豊浜駅《とよはまえき》は思《おも》い出《で》を運《はこ》ぶ駅《えき》となった。

一九四五年《ねん》（昭和《しょうわ》二十年《ねん》）八月十五日《がつじゅうごにち》（水《すい》）

日本《にほん》はポツダム宣言《せんげん》を受諾《じゅだく》。

日本《にほん》は無条件降伏《むじょうけんこうふく》をした。

でも、我《わ》が家《や》の戦争《せんそう》は終《お》わっていなかった。まだまだ戦争《せんそう》は続《つづ》いていた。

いや、我《わ》が家《や》の戦争《せんそう》はこれからだった。

戦後《せんご》の極《きわ》めて劣悪《れつあく》な食料事情《しょくりょうじじょう》のもと、母《はは》の細《ほそ》い肩《かた》に、私《わたし》と弟二人《おとうとふたり》の養育《よういく》がかかってきた。

復員《ふくいん》してくる人《ひと》たちが多《おお》い中《なか》、戦死公報《せんしこうほう》は何《なに》かの間違《まちが》いで、父《ちち》はいつか帰《かえ》ってくると信《しん》じていた。

しかし、いつまで待《ま》っても父《ちち》は帰《かえ》って来《こ》なかった。

そんなある日《ひ》のことであった。

汚《よご》れたゲートルを履《は》き、埃《ほこり》にまみれた軍服《ぐんぷく》を着《き》た男性《だんせい》が我《わ》が家《や》を尋《たず》ねてきた。私《わたし》は一瞬《いっしゅん》、父《ちち》が帰《かえ》ってきたのではないかと思《おも》い、喜《よろこ》び勇《いさ》んで座敷《ざしき》に上《あ》がった。しかし、振《ふ》り向《む》きざまにその人《ひと》を見《み》た瞬間《しゅんかん》、私《わたし》の期待《きたい》は砂《すな》の城《しろ》のように崩《くず》れ去《さ》った。

(父さんと違《ちが》う・・・)

その方《かた》は、父《ちち》と同《おな》じ部隊《ぶたい》に所属《しょぞく》しており、父《ちち》がどのような最後《さいご》を遂《と》げたのか、わざわざ我《わ》が家《や》にまで報告《ほうこく》に来《き》てくださったのだ。

私《わたし》は母《はは》の後《うし》ろで正座《せいざ》をして、その方《かた》の話《はなし》をじっと聞《き》いた。

「ご主人様《しゅじんさま》と私《わたし》は同《おな》じ部隊《ぶたい》で戦《たたか》っていました。昭和二十年三月下旬《しょうわにじゅうねんさんがつげじゅん》、アメリカとの激《はげ》しい戦闘《せんとう》が行《おこな》われ、我《わ》が軍《ぐん》は山中《さんちゅう》へ撤退《てったい》しました」

「そこで主人《しゅじん》は、敵《てき》の鉄砲弾《てっぽうだま》に当《あ》たって亡《な》くなったのですか？」

「いいえ、亡《な》くなったのは・・・」

そこで話《はなし》が途絶《とだ》えた。そして、その方《かた》は肩《かた》を振《ふ》るわせてその場《ば》で泣《な》き崩《くず》れた。

母《はは》の背中《せなか》も小刻《こきざ》みに震《ふる》え始《はじ》めた。

激烈《げきれつ》な戦闘《せんとう》ができるほど、父《ちち》の部隊《ぶたい》には物資《ぶっし》がなかった。父《ちち》の部隊《ぶたい》は一旦後退《いったんこうたい》して、日本《にほん》からの武器弾薬《ぶきだんやく》、食料等《しょくりょうなど》の補給《ほきゅう》を待《ま》つことにしたそうだ。しかし、補給路《ほきゅうろ》を断《た》たれた父《ちち》の部隊《ぶたい》に対《たい》して、本土《ほんど》からは何《なに》も送《おく》られてこなかった。

そして、父《ちち》たちはジャングルの中《なか》を敗走《はいそう》することになった。

父《ちち》の最後《さいご》は、フィリピン・ルソン島《とう》（現在《げんざい》のリザール州《しゅう》ボソボソ）であった。

死因《しいん》は・・・

その方《かた》が最後《さいご》におっしゃったお言葉《ことば》は、

「私《わたし》たちには食《た》べる物《もの》が何《なに》も無《な》くなりました。私《わたし》たちは雨水《あまみず》やトカゲ、ネズミなどで命《いのち》を繋《つな》いでいました。ご主人《しゅじん》様《さま》は次第《しだい》に痩《や》せ衰《おとろ》え、栄養失調《えいようしっちょう》に・・・」

「ご主人様《しゅじんさま》の最後《さいご》は・・・最後《さいご》は餓死《がし》・・・」

(餓死《がし》・・・?)

私《わたし》の心《こころ》の中《なか》に「がし」という二《ふた》

文字《もじ》の言葉《ことば》が、単《たん》なる音《おと》として流《なが》れた。
あの時《とき》、父《ちち》に牡丹餅《ぼたもち》をおなか一杯《いっぱい》食《た》べさせてあげることができていれば・・・
父《ちち》が亡《な》くなって十年《じゅうねん》が過《す》ぎた。
昭和《しょうわ》三十年《ねん》三月二十一日《がつにじゅういちにち》(月《げつ》)
あの日《ひ》もお彼岸《ひがん》の中日《ちゅうにち》(春分《しゅんぶん》の日《ひ》)だった。

母《はは》と私《わたし》、そして、弟二人《おとうとふたり》の四人《よんにん》でお大師《だいし》さんへお参《まい》りに行《い》ったことがある。その頃《ころ》になると、食糧事情《しょくりょうじじょう》も徐々《じょじょ》に回復《かいふく》していた。母《はは》は大《おお》きい牡丹餅《ぼたもち》を五個《ごこ》作《つく》り、それを竹皮《たけかわ》で大切《たいせつ》に包《つつ》み、四人《よんにん》で汽車《きしゃ》に乗《の》り善通寺《ぜんつうじ》へ向《む》かった。

いつもと同《おな》じ参詣《さんけい》コースをたどり、最後《さいご》に五重塔《ごじゅうのとう》の下《した》に座《すわ》って四人《よにん》で牡丹餅《ぼたもち》を食《た》べようとした時《とき》のことであった。

母《はは》は、バックの中《なか》から大切《たいせつ》そうにハンカチに包《つつ》まれている物《もの》を取《と》り出《だ》した。

「母《かあ》ちゃん、それ何《なん》な？」

私《わたし》と弟《おとうと》たちはハンカチの中身《なかみ》をそっとのぞき込《こ》んだ。よく見《み》ると、それは黒《くろ》い石《いし》ころであった。

（あっ、確《たし》か遺骨箱《いこつばこ》に入《はい》っていた・・・）

私《わたし》は思《おも》い出《だ》した。

母《はは》はそれをどうするのかと思《おも》っていると、五重塔《ごじゅうのとう》の床下《ゆかした》にそっと置《お》いた。

そして、私《わたし》たちにこう話《はな》し始《はじ》めた。

「五重塔《ごじゅうのとう》の下《した》には仏舎利《ぶっしゃり》というお釈迦様《しゃかさま》の骨《ほね》が置《お》かれとんぞ。父《とお》さんは、今日《きょう》やっとこのお大師《だいし》さんの胸《むね》に抱《だ》かれることになったんじゃ。これからお大師《だいし》さんへ行《い》く時《とき》には、父《とお》さんの大好《だいす》きじゃった牡丹餅《ぼたもち》を持《も》って行《い》き、この五重塔《ごじゅうのとう》の下《もと》でみんな一緒《いっしょ》に食《た》べるんど。きっと父《とお》さんも一緒《いっしょ》に喜《よろこ》んで食《た》べてくれていると思《おも》うけんの。それと『ほやけ地蔵《じぞう》』さんにお参《まい》りすることも忘《わす》れんとっての」

五重塔《ごじゅうのとう》の床下《ゆかした》にそっと置《お》いた黒《くろ》い石《いし》は何《なに》かに似《に》ていた。そして、父《ちち》の頬《ほ》っぺたにあんこがついて、みんなで力一杯笑《ちからいっぱいわら》った時《とき》の父《ちち》の顔《かお》は、誰《だれ》かに似《に》ていた。

それからの私《わたし》は、母《はは》の言《い》いつけを守《まも》り、お大師《だいし》さんへ春《はる》のお彼岸参《ひがんまい》りに行《い》く時《とき》には、父《ちち》の分《ぶん》の牡丹餅《ぼたもち》を欠《か》かさず持《も》って行《い》くようにしている。そして、「ほやけ地蔵《じぞう》」さんの何《なん》だか優《やさ》しそうな顔《かお》に手《て》を合《あ》わした後《あと》、必《かなら》ずこの五重塔《ごじゅうのとう》の下《もと》のこの場所《ばしょ》で、みんなと一緒《いっしょ》に食《た》べている。

母《はは》が亡《な》くなった後《あと》は、母《はは》の分《ぶん》も作《つく》ってお参《まい》りに行《い》っている。

今日《きょう》は、孫《まご》とひ孫《まご》の美月《みつき》の三人《さんにん》、そして、私《わたし》の両親《りょうしん》を合《あ》わした五人《ごにん》で一緒《いっしょ》に牡丹餅《ぼたもち》を食《た》べる。

もちろんいつもの参詣《さんけい》ルートを通《とお》り、いつもの五重塔《ごじゅうのとう》の下《もと》のこの場所《ばしょ》で。

大《おお》きい牡丹餅《ぼたもち》を五個《ごこ》作《つく》って来《き》た。

美月《みつき》は楽《たの》しみにしている竹皮《たけかわ》の包《つつ》みをじっと見《み》つめている。そして、私《わたし》がおもむろに開《あ》ける様子《ようす》をしっかりと見続《みつづ》けた。

美月《みつき》にとって牡丹餅《ぼたもち》は見《み》るのも食《た》べるのも初《はじ》めてだ。

「大《おお》きいばあちゃん、この黒《くろ》い物《もの》って何《なに》？」

「これは牡丹餅《ぼたもち》というおいしいお菓子《かし》じゃよ。美月《みつき》、『ぼたもち』と言《い》ってごらん」

「ぼ、た、も、ち　！」

美月《みつき》はゆっくりと、大《おお》きな声《こえ》を上《あ》げた。

「上手《じょうず》！　上手《じょうず》！」

私《わたし》は美月《みつき》の頭《あたま》を撫《な》でてあげた。

美月《みつき》は牡丹餅《ぼたもち》を箸《はし》で上手《じょうず》に取《と》り、ゆっくりとかわいいおちょぼ口《ぐち》へ持《も》っていった。

初《はじ》めて食《しょく》する物《もの》なので、少《すこ》しの期待《きたい》と大《おお》きな不安《ふあん》が入《い》り交《ま》じっているのだろう。

一口《ひとくち》、美月《みつき》がゆっくりと食《た》べる。

あんこの甘《あま》さがジワーと口《くち》の中《なか》に溶《と》け込《こ》んで来《き》たようだ。

美月《みつき》の顔《かお》が次第《しだい》に変化《へんか》して来《き》た。

美月《みつき》の目《め》がどんぐりに、そして、顔《かお》が満月《まんげつ》になった。

「おいチーい！」

美月《みつき》は牡丹餅《ぼたもち》を食《た》べながら、私《わたし》にそっと耳打《みみう》ちした。

「私《わたし》ね、小《ちい》さいばあちゃんがこの前《まえ》、買《か》って来《き》てくれたハンバーガーより、大《おお》きいばあちゃんが作《つく》ってくれた、この『ぼ、た、も、ち』の方《ほう》がだーいチュき！」

美月《みつき》は大《おお》きい牡丹餅《ぼたもち》を一個《いっこ》まるごとパクッと食《た》べてしまった。

そして、竹皮《たけかわ》の包《つつ》みに残《のこ》っている牡丹餅《ぼたもち》をじっと見《み》つめながらこう言《い》った。

「大《おお》きいばあちゃん。もう一個《いっこ》食《た》べてもいい？」

（この二個《にこ》は、父《ちち》と母《はは》の分《ぶん》なのに・・・）

と思《おも》いながらも、

「そうやな。まだ二個《にこ》残《のこ》っているから・・・まぁ、いいか。美月《みつき》に食《た》べてもらおうかいの」

「ヤッター、ヤッター」

　美月《みつき》は両手《りょうて》を挙《あ》げて喜《よろこ》んだ。

「でもな、今《いま》から、大《おお》きいばあちゃんが言《い》うように言《い》ってから牡丹餅《ぼたもち》をもらうんじゃよ」

「いいよ」

「こう言《い》ってな。『大《おお》きい大《おお》きいじいちゃん、牡丹餅《ぼたもち》をもらってもいいですか？　大《おお》きい大《おお》きいばあちゃん、牡丹餅《ぼたもち》をもらってもいいですか？』ハイ、言《い》ってごらん」

「分《わ》かったよ。『大《おお》きい大《おお》きいじいちゃん、ぼたもちをもらってもいいでチュか。大《おお》きい大《おお》きいばあちゃん、ぼたもちをもらってもいいでチュか』」

　私《わたし》は腹話術《ふくわじゅつ》のようなまねをして、自分《じぶん》の口《くち》を押《お》さえて、裏声《うらごえ》の小《ちい》さい声《こえ》でこう言《い》った。

「美月《みつき》、ええよ。おたべ」

美月《みつき》が大《おお》きい瞳《ひとみ》で私《わたし》を見《み》つめた。

「あっ、大《おお》きい大《おお》きいじいちゃんと大《おお》きい大《おお》きいばあちゃんが『美月《みつき》、ええよ。おたべ』と言《い》ったよ」

「本当《ほんとう》？　じゃあ、どうぞ食《た》べてもええよ」

「いただきまチュ」

美月《みつき》は二個目《にこめ》の牡丹餅《ぼたもち》を食《た》べ始《はじ》めた。

ところが、あんこが美月《みつき》の頬《ほ》っぺたについてしまった。私《わたし》がハンカチで拭《ふ》いてあげようと、バックの中《なか》からハンカチを取《と》り出《だ》そうとしていると、孫《まご》がいきなり舌《した》を出《だ》して美月《みつき》の頬《ほ》っぺたをペロッと舐《な》めた。

「イヤーン」

美月《みつき》は顔《かお》を振《ふ》った。

かつて娘《むすめ》の私《わたし》が父《ちち》にしてあげた仕草《しぐさ》を、時代《じだい》が経《へ》ると父《ちち》が娘《むすめ》にしている。

仕草《しぐさ》は変《か》わってもいい。

でもこの世《よ》には、絶対《ぜったい》に変《か》わってはいけないことと、変《か》わってもいいことどがある。

「大《おお》きいばあちゃん。今度《こんど》イッチョに『ぼたもち』を作《つく》ろうね」

さりげなく美月《みつき》が私《わたし》に声《こえ》をかけてきた。

「ええよ。大《おお》きいばあちゃんが作《つく》る牡丹餅《ぼたもち》はプロ級《きゅう》だよ」

この子《こ》に、牡丹餅《ぼたもち》の作《つく》り方《かた》をなんとしても伝《つた》えなければいけない。

それまで、元気《げんき》に生《い》き続《つづ》けなきゃ。

こうしてこの世《よ》に生《せい》を受《う》けた美月《みつき》は、私《わたし》にとって「棚《たな》から牡丹餅《ぼたもち》」なのかも知《し》れない。

「ねえ、パパ。あの門《もん》までどちらが速《はや》いか駆《か》けっこしない？」

美月《みつき》が南大門《みなみだいもん》を指《ゆび》さした。

牡丹餅《ぼたもち》を食《た》べて満足《まんぞく》した美月《みつき》は、体《からだ》を動《うご》かしたくてしょうがないみたい。

「よっしゃ、美月《みつき》と競争《きょうそう》するぞ！　今日《きょう》は、手加減《てかげん》なんかせんぞ」

孫《まご》が足《あし》を伸《の》ばし始《はじ》めた。

「まあまあ、ぼくよ、美月《みつき》はまだこんまい子《こ》じゃけんの。わざとに負《ま》けてやるんで」

私《わたし》は孫《まご》がまさか本気《ほんき》なのかと心配《しんぱい》した。

「大丈夫《だいじょうぶ》、大丈夫《だいじょうぶ》。わかっとるよ。それよりばあちゃん、『よーい。ドン』言《い》うてつか」

「はい、はい。じゃあ位置《いち》について・・」

父《ちち》と娘《むすめ》が走《はし》る位置《いち》についた。

私《わたし》が審判役《しんぱんやく》だ。

「よーい！　ドン！」

父《ちち》と娘《むすめ》が南大門《みなみだいもん》をめざして走《はし》り出《だ》した。

「美月《みつき》、がんばれ！　がんばれ！」

私《わたし》は手《て》を叩《たた》いて、必死《ひっし》に美月《みつき》を応援《おうえん》した。
走《はし》る二人《ふたり》の姿《すがた》が、私《わたし》と父《ちち》の姿《すがた》に重《かさ》なった。

おわり

陸軍伍長《りくぐんごちょう》であった父《ちち》

おわりに

混乱《こんらん》を招《まね》くかもしれないので説明《せつめい》する。本小説《ほんしょうせつ》に出《で》てくる主人公《しゅじんこう》の「私《わたし》」とは筆者《ひっしゃ》の母《はは》であり、「私《わたし》の父《ちち》」とは、筆者《ひっしゃ》が出会《であ》ったこともない祖父《そふ》である。「おわりに」では、筆者《ひっしゃ》のことを「私《わたし》」と呼《よ》ぶことにする。

私《わたし》が本小説《ほんしょうせつ》の二章《にしょう》と三章《みしょう》に書《か》かれている内容《ないよう》を母《はは》から聞《き》いたのは、つい最近《さいきん》になってのことである。つまり一章《いっしょう》と四章《よんしょう》はフィクション（創作《そうさく》）だが、それ以外《いがい》はほぼノンフィクション（真実《しんじつ》）と言《い》っていい。私《わたし》は幼《おさな》い頃《ころ》から、母《はは》から色々《いろいろ》な話《はなし》を聞《き》かされて育《そだ》った。特《とく》に今《いま》でも脳裏《のうり》に焼《や》き付《つ》いている話《はなし》は、母《はは》と添《そ》え寝《ね》しながら聞《き》いた「安寿《あんじゅ》と厨子王《ずしおう》」である。布団《ふとん》の中《なか》で涙《なみだ》を流《なが》したことを覚《おぼ》えている。だから今回《こんかい》も、この話《はなし》を母《はは》から聞《き》いた時《とき》、人々《ひとびと》に深《ふか》い感動《かんどう》を与《あた》えようと誰《だれ》かによって作《つく》られた話《はなし》だと思《おも》っていた。しかし、母《はは》が実際《じっさい》に体験《たいけん》した話《はなし》と聞《き》いて、私《わたし》は強《つよ》い衝撃《しょうげき》を受《う》けた。まさに驚天動地《きょうてんどうち》であった。

さて、「昭和《しょうわ》」「平成《へいせい》」「令和《れいわ》」へと時代《じだい》が過《す》ぎるに従《したが》って、太平洋戦争《たいへいようせんそう》の体験者《たいけんしゃ》は次第《しだい》に減少《げんしょう》している。母《はは》の幼少期《ようしょうき》には、日清《にっしん》・日露戦争《にちろせんそう》の体験者《たいけんしゃ》もいたはずだった。でも今《いま》や、そのような戦争《せんそう》の体験者《たいけんしゃ》は日本中《にほんじゅう》どこを探《さが》してもいない。国民全員《こくみんぜんいん》が戦後《せんご》生まれとなる日《ひ》も、そんなに遠《とお》い将来《しょうらい》ではないだろう。母《はは》は戦後七十年以上《せんごななじゅうねんいじょう》が過《す》ぎて、この話《はなし》を私《わたし》や回《まわ》りの人《ひと》たちに話《はな》し始《はじ》めた。母《はは》は、語《かた》り部《べ》として、太平洋《たいへいよう》戦争《せんそう》の体験談《たいけんだん》を人々《ひとびと》に伝《つた》えなければならないという使命感《しめいかん》に燃《も》えてきたのだろう。しかし、江戸《えど》時代《じだい》の良寛和尚《りょうかんおしょう》の辞世《じせい》の句《く》を引用《いんよう》させていただくと、「散《ち》る桜《さくら》、残《のこ》る桜《さくら》も、散《ち》る桜《さくら》」。人《ひと》の命《いのち》には限《かぎ》りがある。語《かた》り部《べ》から伝《つた》えられてきた話《はなし》もそのうちに消《き》え去《さ》るかもしれない。そこで私《わたし》は母《はは》の貴重《きちょう》な体験談《たいけんだん》を風化《ふうか》させないためにも、この話《はなし》を小説《しょうせつ》として残《のこ》そうと強《つよ》く決心《けっしん》した。文章《ぶんしょう》として残《のこ》すことができれば、これからもきっと多《おお》くの人々《ひとびと》に受《う》け継《つ》がれるに違《ちが》いないと思《おも》ったからだ。このような強《つよ》い決意《けつい》が私《わたし》に小説《しょうせつ》の執筆《しっぴつ》を促《うなが》したようだ。

それと誤解《ごかい》を招《まね》くといけないので釈明《しゃくめい》すると、三章《さんしょう》の終《お》わりに出《で》てくる将校《しょうこう》は、決《けっ》して軍神《ぐんしん》のように人々《ひとびと》から崇《あが》め奉《たてまつ》られることを願《ねが》って執筆《しっぴつ》したのではない。軍人《ぐんじん》も人《ひと》の子《こ》である。幼《おさな》かった母《はは》に慈悲《じひ》の心《こころ》で接《せっ》し、一人《ひとり》の人間《にんげん》として行動《こうどう》されたその配慮《はいりょ》に敬意《けいい》を表《ひょう》したい。それと、一章《いっしょう》と四章《よんしょう》に登場《とうじょう》する「美月《みつき》」とは私《わたし》の初孫《はつまご》であり、美月《みつき》の父《ちち》とは私《わたし》の一人息子《ひとりむすこ》である。あえてこの二人《ふたり》を登場《とうじょう》させた背景《はいけい》には、母《はは》と祖父《そふ》が体験《たいけん》した戦争《せんそう》の悲惨《ひさん》な記憶《きおく》を、二人《ふたり》には絶対《ぜったい》に体験《たいけん》させたくないという強《つよ》い願《ねが》いからである。

最後《さいご》に、母《はは》からこの実話《じつわ》を聞《き》いた数《すう》ヶ月後《かげつご》に、私《わたし》の母《はは》は母《はは》の父《ちち》、つまり私《わたし》の祖父《そふ》の元《もと》に向《む》けて旅立《たびだ》った。きっと天国《てんごく》では、父《ちち》と娘《むすめ》が仲良《なかよ》くお大師《だいし》さんの境内《けいだい》で駆《か》けっこをしているのだろう。母の命日は、令和元年六月十六日《れいわがんねんろくがつじゅうろくにち》である。この月日《つきひ》は略《りゃく》して「六十六《ろくじゅうろく》」となる。まったくの偶然《ぐうぜん》かもしれないが、この数字《すうじ》は四国霊場《しこくれいじょう》第六十六番札所《だいろくじゅうろくばんふだしょ》「雲辺寺《うんぺんじ》」と同《おな》じである。古刹雲辺寺《こさつうんぺんじ》の標高《ひょうこう》は九一一メートル。母《はは》は四国霊場札所最高峰《しこくれいじょうふだしょさいこうほう》に位置《いち》する雲辺寺《うんぺんじ》より、下界《げかい》にいる私《わたし》たちの生《い》き末《すえ》を見守《みまも》ってくださっているのに違《ちが》いない。

母《はは》の冥福《めいふく》を心《こころ》より祈《いの》りたい。

合掌《がっしょう》

令和《れいわ》元年《がんねん》八月《はちがつ》十五日《じゅうごにち》

台風十号《たいふうじゅうごう》が吹《ふ》き荒《あ》れる讃岐豊浜《さぬきとよはま》にて

※八月十五日《はちがつじゅうごにち》は太平洋戦争《たいへいようせんそう》の終戦記念日《しゅうせんきねんび》と同時《どうじ》に、奇《く》しくも母《はは》の誕生日《たんじょうび》である。

左記《さき》の軍事郵便《ぐんじゆうびん》は、私《わたし》の祖父《そふ》から祖母《そふ》や母《はは》たちに戦地《せんち》より送《おく》られてきたハガキである。ここでご紹介《しょうかい》したい。なお、個人情報《こじんじょうほう》の観点《かんてん》から個人名《こじんめい》は消《け》している。

比島《ひとう》とはフィリピン諸島《しょとう》のことを指《さ》している。祖父《そふ》は、『比島派遣勤六四五六部隊《ひとうはけんきんろくよんごろくぶたい》香川隊《かがわたい》に所属《しょぞく》していた。

以下《いか》は、祖父《そふ》からの軍事郵便《ぐんじゆうびん》を書《か》き写《うつ》したものである。

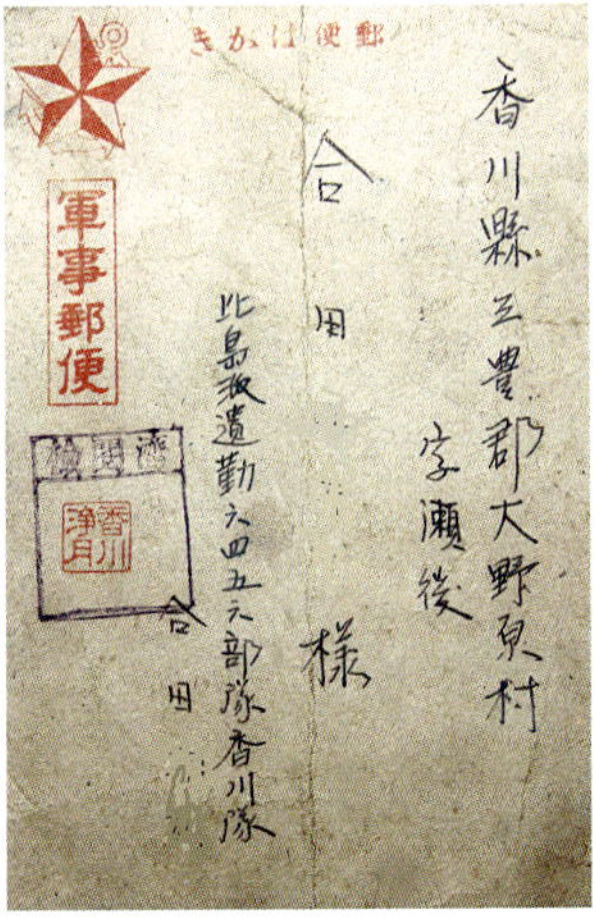

郵便はかき
軍事郵便
香川縣三豊郡大野原村
字瀬後
合田　様
比島派遣勤六四五六部隊香川隊
合田

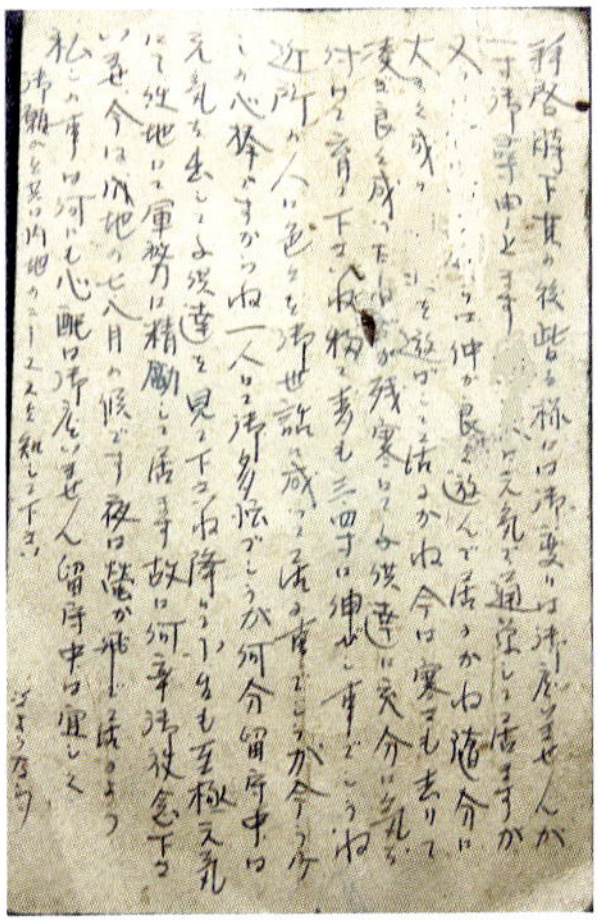

拝啓《はいけい》　時下《じか》、その後《ご》、皆々様《みなみなさま》にはお変《か》わりございませんか。

ちょっとお尋《たず》ね申《もう》します。○○（私《わたし》の母《はは》の名《な》）は元気《げんき》に通学《つうがく》していますか。

また、○○、○○（双子《ふたご》の弟《おとうと》）らは仲良《なかよ》く遊《あそ》んでいるかね。

随分《ずいぶん》　大《おお》きく成《な》った○○（末《すえ》っ子《こ》の弟《おとうと》）を遊《あそ》ばせているかね。

今《いま》は寒《さむ》さも去《さ》りて　凌《しの》ぎ良《よ》くなったね。

だが、残寒《ざんかん》にて子《こ》どもたちは充分《じゅうぶん》に気《き》を付《つ》けて育《そだ》てて下《くだ》さいね。

畑《はたけ》の麦《むぎ》も三《さん》・四寸《よんすん》に伸《の》びし事《こと》でしょうね。

近所《きんじょ》の人《ひと》に色々《いろいろ》とお世話《せわ》に成《な》っている事《こと》でしょうが、今《いま》は少《すこ》しの心棒《しんぼう》ですからね。

一人《ひとり》はご多忙《たぼう》でしょうが、何分留守中《なにぶんるすちゅう》は　元気《げんき》を出《だ》して子《こ》どもたちを見《み》て下《くだ》さいね。

降《お》りて小生《しょうせい》も至極元気《しごくげんき》にて任地《にんち》にて軍務《ぐんむ》に精勤《せいきん》しています。故《ゆえ》に何事御祈念下《なにごとごきねんくだ》さいませ。

今《いま》は、当地《とうち》の七《しち》・八月《はちがつ》の候《ころ》です。夜《よる》は蛍《ほたる》が飛《と》んで居《い》るよう。

私《わたし》の事《こと》は何《なに》も心配《しんぱい》は御座《ござ》いません。留守中《るすちゅう》は宜《よろ》しく。

御願《おねが》いと共《とも》に、内地《ないち》のニュースを知《し》らせてください。

さようなら

なお、このハガキには差《さ》し出《だ》し日《ひ》が書《か》かれていない。極秘《ごくひ》に行《おこな》われる軍事行動《ぐんじこうどう》に悪影響《あくえいきょう》が出《で》ることを懸念《けねん》してのことだろうか。ただ、「畑《はたけ》の麦《むぎ》も三《さん》・四寸《よんすん》に伸《の》びし事《こと》」とか「残寒《ざんかん》」という文言《もんごん》から、二月《にがつ》〜三月頃《さんがつころ》が考《かんが》えられる。香川県《かがわけん》では春《はる》に向《む》けて次第《しだい》に暖《あたた》かくなってきているが、フィリピンでは七《しち》・八月《はちがつ》のようで、夜《よる》は蛍《ほたる》が飛《と》んでいるという表現《ひょうげん》から、熱帯雨林《ねったいうりん》モンスーンの気候《きこう》であることが分《わ》かる。祖父《そふ》は四月《しがつ》に戦死《せんし》しているので、亡《な》くなる約一ヶ月前《やくいっかげつまえ》に出《だ》された軍事郵便《ぐんじゆうびん》である。

最後《さいご》に、私《わたし》の母《はは》の家族《かぞく》を当時《とうじ》の写真《しゃしん》で紹介《しょうかい》する。

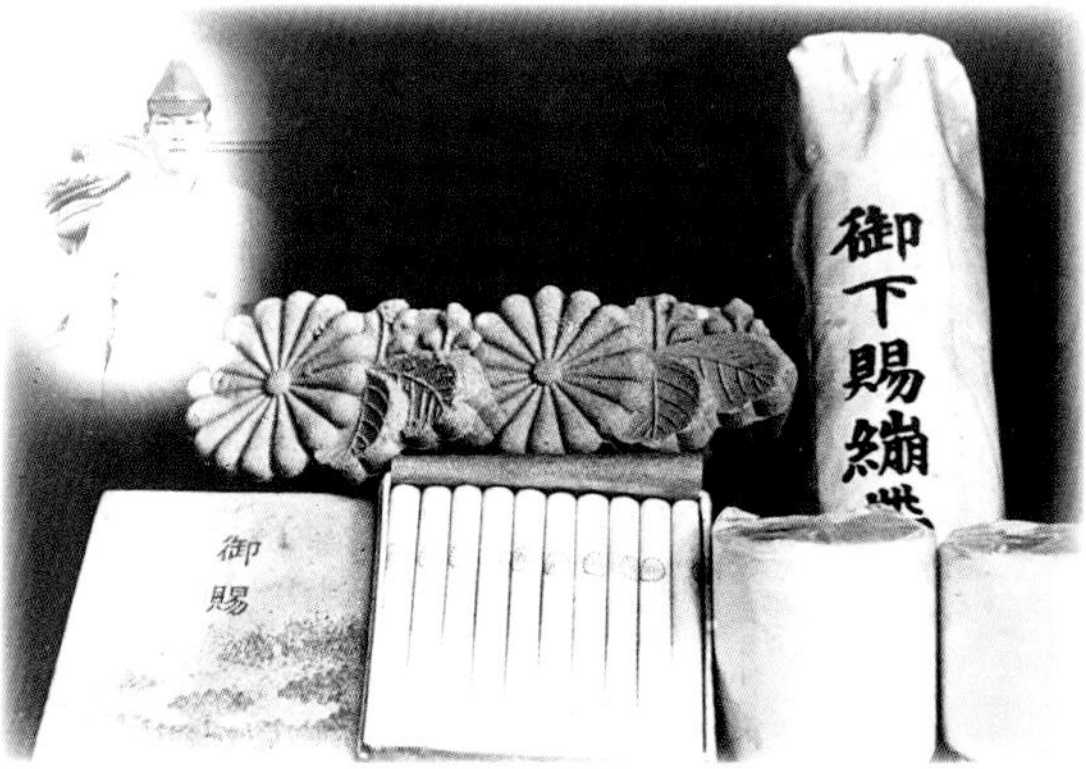

戦地《せんち》で負傷《ふしょう》し、善通寺《ぜんつうじ》の陸軍病院《りくぐんびょういん》に入院《にゅういん》していた時《とき》、天皇陛下《てんのうへいか》から下賜《かし》された包帯《ほうたい》と恩賜《おんし》のタバコ

一人《ひとり》で家庭《かてい》を守《まも》った祖母《そぼ》

戦地《せんち》で非業《ひごう》の死《し》を遂《と》げた祖父《そふ》

中学生《ちゅうがくせい》の頃《ころ》の母《はは》 ▶

18歳《じゅうはちさい》の頃《ころ》の母《はは》

▼ 双子《ふたご》の弟《おとうと》、小説《しょうせつ》は双子《ふたご》ではありません

【著者紹介《ちょしゃしょうかい》】　本名《ほんみょう》　合田芳弘《ごうだよしひろ》

昭和《しょうわ》33年《ねん》２月《がつ》、香川県三豊郡豊浜町《かがわけんみとよぐんとよはまちょう》（今《いま》の観音寺市豊浜町《かんおんじしとよはまちょう》）に生《う》まれる。

香川県立観音寺第一高等学校《かがわけんりつかんおんじだいいちこうとうがっこう》、立命館大学《りつめいかんだいがく》を卒業後《そつぎょうご》、昭和《しょうわ》56年《ねん》４月《がつ》より、香川県内《かがわけんない》の公立中学校教員《こうりつちゅうがっこうきょういん》（担当教科《たんとうきょうか》は社会科《しゃかいか》）

平成《へいせい》30年《ねん》３月《がつ》、定年退職後《ていねんたいしょくご》、作家《さっか》に転業《てんぎょう》、現在《げんざい》に至《いた》る。

表紙《ひょうし》の挿絵《さしえ》　石川彰三氏《いしかわしょうぞうし》

イラスト　篠原五良氏《しのはらいつよしし》

著者《ちょしゃ》の主《おも》な書籍《しょせき》（紙媒体《かみばいたい》）

1　ポパイはなぜ強《つよ》いのでしょうか　2007年《ねん》　自費出版《じひしゅっぱん》

2　起居与饮食习惯影响儿童的未来
—来自12,025人调查问卷中的发现—　発行《はっこう》　上海《しゃんはい》・学林出版社《がくりんしゅっぱんしゃ》
2015年《ねん》
（日本語訳《にほんごやく》　基本的生活習慣《きほんてきせいかつしゅうかん》と飲食《いんしょく》の習慣《しゅうかん》は子《こ》どもの未来《みらい》に影響《えいきょう》します）

3　小説《しょうせつ》「イブキの島《しま》」 2016年《ねん》　発行《はっこう》　観音寺市《かんおんじし》

※平成《へいせい》30年《ねん》３月《がつ》、観音寺市民会館《かんおんじしみんかいかん》で公演《こうえん》された、第１回観音寺市民《だいいちかいかんおんじしみん》ミュージカル「ウラが住《す》んどる不思議《ふしぎ》の島《しま》」の原作本《げんさくぼん》です。

著者《ちょしゃ》の主《おも》な書籍《しょせき》（電子書籍《でんししょせき》）

1　飛《と》び出《だ》せ！　アジア鉄道《てつどう》の旅《たび》—中国編《ちゅうごくへん》—　2014年《ねん》

2　小説《しょうせつ》「イブキの島《しま》」 2016年《ねん》

3　キャンピングカーで行《い》こう　2019年《ねん》
—でんの助《すけ》　誕生編《たんじょうへん》—

4　日本列島東西南北《にほんれっとうとうざいなんぼく》　2019年《ねん》
—第１巻《だいいちかん》—　１章《いちしょう》　琉球紀行《りゅうきゅうきこう》（沖縄本島《おきなわほんとう》）
２章《にしょう》　択捉島紀行《えとろふとうきこう》

牡丹餅

本体800円＋税

令和元年10月15日　初版発行

著　者　合田　芳弘
発行者　池上　晴英
発行所　(株)美巧社
高松市多賀町１丁目８-10　〒760-0063
電話　087(833)5811

ISBN978-4-86387-107-6 C0093

落丁・乱丁本の場合はお取り替えいたします。
お手数ですが小社までご返送ください。